スキル『日常動作』は最強です 3
〜ゴミスキルとバカにされましたが、実は超万能でした〜

A L P H A L I G H T

メイ
Mei

アルファライト文庫

レクス
優《やさ》しく好奇心旺盛《こうきしんおうせい》な
“無職”の少年。
役立たずとして家を追われ、
謎《なぞ》スキル『日常動作』
だけを頼《たよ》りに冒険の
旅に出る。
レイン
レクスの従魔《じゅうま》で、
綺麗《きれい》な青い
毛並みが特徴的《とくちょうてき》な
狼の魔物。
ミア
レクスの妹。
お兄ちゃんが
大好き。
フィア・ネスラ
王国最強と言われる
ディベルティメント
騎士団の団長。
エレナ
元奴隷《どれい》の女の子。
内気で言葉数
少なめ。

ネルフィ
鍛冶《かじ》屋《や》を営《いとな》むドワーフ。不愛想《ぶあいそう》だが、レクスには懐《なつ》いている。
リシャルト
レクスが入学式で出会った明るく人懐《ひとなつ》っこい少年。
フィオナ
気遣《きづか》い上手なセレニア王国の王女。
ミーシャ
魔剣が人化した悪戯《いたずら》好きな幼女。
登場人物紹介
Main Characters

第一章　長期休暇《きゅうか》

六つの魔法学園がその実力を競《きそ》う六学園対抗祭《ろくがくえんたいこうさい》が行われた数日後――

予選で敗退したレクス達は近日中に迫《せま》ったシルリス学園の期末テストに向けて、彼の学園の友人であり、ここセレニア王国の王女でもあるフィオナの屋敷で勉強会を開いていた。

セレニア王国の現女王《じょおう》のフィオナの母は休日だったらしく、レクスはフィオナの屋敷に上がる際、玄関《げんかん》で会った。

『あらあら～、フィオナが男の子を連《つ》れてくるなんて珍《めずら》しいわね～。フィオナももうお年頃かしら』

フィオナの母はニマニマしながらそう言った。

その顔にはいたずらっぽい笑《え》みが浮かんでいる。

『そ、そんなんじゃないからね！』

フィオナは少し顔を赤くしてそう答えた。

そんなフィオナを見て、彼女の母はさらにニヤニヤし、友人である茶髪のボーイッシュな女の子キャロルと、真っ白な髪と水色の瞳が特徴《とくちょう》のルリは生温《なまあたた》かい目を向けていた。

というような一幕《ひとまく》を経《へ》て、現在に至《いた》るわけである。

ちなみに、フィオナの部屋はピンクを基調《きちょう》とした部屋で、本棚《ほんだな》とその上にちょっとしたぬいぐるみが置いてある。

ベッドは天蓋《てんがい》つきの豪華《ごうか》なもの……ではなく、普通の脚付きベッド、そしてレクス達が今使っている白いテーブル、その側《そば》にソファーがある。

いつも凛《りん》としているフィオナの部屋に可愛《かわい》いぬいぐるみがあったことは、レクスにとって意外だった。

「ここ、違うわよ。ここはこの魔法式を応用して……」

フィオナが該当《がいとう》する教科書のページを開いて、キャロルに丁寧《ていねい》に説明する。

「あぁ～～！　もう、全っ然わかんねぇーー！」

キャロルは頭を抱《かか》えながら言った。

割って入るのを少しためらってから、レクスはフィオナに尋《たず》ねる。

「フィ、フィオナさん、すみません……ここがわからないんですけど」

そう言って、レクスは魔法について書かれた教科書の最初の方のページを開き、フィオナに見せた。

「どれどれ……」

フィオナが覗《のぞ》き込むと、そこには魔法陣《まほうじん》を媒介《ばいかい》にした魔法の公式について書かれていた。

レクスは、今まで魔法陣を媒介に魔法を発動したことはあるが、魔法の公式を意識したことはない。

彼のスキル『日常動作』は『見る』や『取る』といった普通の動きがそのままスキルとなり、動きに応じた効力――例えば『見る』であれば鑑定《かんてい》能力――を発揮《はっき》する。

レクスが発動する魔法は全てこの『日常動作』に由来するスキルとして身についているため、普通は呪文を唱《とな》えたり、公式を思い浮かべて集中したりする発動過程をすっ飛ばしているのだ。

故《ゆえ》に、レクスにとってその内容は理解し難《がた》いものであった。

「ってレクス、これがわからないってことは、魔法の授業の内容をほとんど理解できてないってことになるのだけれど……」

フィオナが驚《おどろ》いた表情で言った。

「……はい」

レクスはフィオナのその言葉を肯定《こうてい》し、頷《うなず》いた。

フィオナは思わず額《ひたい》に手を当てて溜《た》め息を吐いた。

この魔法の公式は、基本中の基本なのだ。それが理解できていないとなれば、一から教える必要がある。

「ふぅ、キャロル、悪いけれどその問題は後でいい？」

「ああ、そうだな」

フィオナの言葉を聞いたキャロルは、レクスを見て納得したように頷いた。

それからフィオナは、レクスの隣《となり》に移動する。

無意識にやったため、本人は大して気にしていない様子だが、キャロルはどうやってからかってやろうかといたずらっぽい笑みを浮かべる。

その隣では、ルリが脇目《わきめ》も振らずに懸命《けんめい》に羽ペンを動かして勉強していた。

(それにしても、女の子の部屋なんて初めて来ました。こう、なんと言いますか……妙に緊張《きんちょう》します)

レクスがそわそわしながらそんなことを思っていると――

「――っていうことだけど……って、レクス。聞いてる？」

「へっ？　あ、聞いてませんでした……」

そんなレクスを見て、フィオナは「はぁ」と溜め息を吐く。

「仕方ないわね。もう一回説明するから、よく聞いてなさいよ？」

フィオナはそう言うと、先ほどと同じ内容を説明し始めた。

「まず、魔法陣を組み立てるのに重要なのは、魔力を通す回路《かいろ》を形成する公式で……」

勉強会はこの後も数時間にわたって続いたのだった。

＊＊＊

勉強会が終わって三日後――

レクスはいつも通り学園から屋敷に帰った後、彼の仲間――サラサラ銀髪ロングのエレナ、魔剣《まけん》が人化《じんか》した少女ミーシャ、そして、レクスの相棒《あいぼう》の魔物レインと共に冒険者ギルドに来ていた。

なぜここにいるのかといえば、魔物の討伐《とうばつ》依頼を受けるというのももちろんあるのだが……

――それは、王国を脅《おびや》かした蜘蛛《くも》の魔物、毒蜘蛛女《アラクネ》をレクスが倒した後、ギルドカードを受け取りに来た時のこと。

『坊主。アラクネを討伐した報酬《ほうしゅう》についてだが、用意するのに一週間くらいかかる。すまねえが、ちょいと待っていてくれるか？』

ギルドマスターのオーグデンは、申し訳なさそうな顔でレクスにそんなことを言った。

しかし、レクスは報酬と聞いて戸惑《とまど》っていた。

レクスがアラクネを討伐したのは、誰かから依頼を受けたからではなく、勝手にやったことだ。依頼主がいないのに報酬とはどういうことなのか。

レクスが気になってオーグデンに尋ねると、彼は首を横に振った。

『ボウズの助けがなけりゃ、今頃俺もあの場にいた他の奴らもお陀仏《だぶつ》だったろうよ。それにアラクネを倒さなければ、この町は大惨事《だいさんじ》だった。それだけのことをしてくれたボウズに、報酬を出さない方がおかしい』

レクスにはよく理解できない感覚だが、オーグデンがそう言うのならそうなのだろう。

レクスはそう納得して、貰《もら》えるものはありがたく貰っておくことにした。

そういう経緯《けいい》があって、レクスは報酬を受け取りに来ているのだ。

「あのーすみません、アラクネの討伐報酬を受け取りに来たのですが……」

受付で自分の順番が来ると、レクスはそう伝えた。

「も、もしかして、レクス様とそのご一行様ですか!?」

受付嬢《じょう》は急にかしこまった顔でレクスに挨拶《あいさつ》した。

アラクネを討伐した後、ギルドの受付嬢達はこぞってレクスとその仲間に様付けし、敬語を使うようになった。極力《きょくりょく》目立ちたくないレクスにとっては、いい迷惑《めいわく》でしかない。

ただ一部の受付嬢は普通に接してくるので、それはありがたかった。受付嬢全員が敬語で接してきた日には、レクスは居心地《いごこち》が悪くてギルドに来られなくなっていたかもしれない。

「は、はい。ところで、オーグデンさんは……？」

戸惑いながらもそう尋ねたレクスに対し、受付嬢は申し訳なさそうな表情を浮かべる。

「すみません、ギルドマスターは現在用事で不在です。しかし、ギルドマスターから、レクス様達が来たら渡すようにと報酬をお預かりしておりますので、少々お待ちください」

受付嬢はそう言うと、奥の方に引っ込んでいった。

レクス達は、他の冒険者の邪魔《じゃま》にならないように端《はし》に避《よ》ける。先ほど奥に向かった受付嬢の代わりに別の受付嬢が入って、対応にあたり始めた。

「ねえねえ、レクス。報酬っていくらくらいなの？」

「う～ん……どうなんでしょうね。金額は聞いてないからわかりませんし。五千万セルクくらいじゃないですか？」

レクスはミーシャの質問に首を傾《かし》げながら答えた。

この国における一ヵ月の食費は平均で十万セルク弱なので、五千万セルクはかなりの大金である。

だが、レクスにも根拠《こんきょ》があり、以前〝宵影《よいかげ》〟と呼ばれる犯罪者パーティを捕《つか》まえた時に貰った報酬が五千万セルクだったのだ。

今回のアラクネの討伐は、宵影を捕まえるのと同じくらいの労力だったため、レクスは五千万セルクと予想したのである。

レクス達がそんなことを話しているうちに、先ほど対応した受付嬢が大きいアタッシュケースのようなものを持って奥から戻ってきた。

それだけかと思いきや、もう一回奥の方に向かう受付嬢。

しばらくすると、彼女は再び同じものを抱えて受付にやって来た。

同じことを何回か繰《く》り返し、ようやく終わったのか、受付嬢はアタッシュケースに手をつきながら一息ついて言う。

「こちらが今回、レクス様達にお渡しする報酬――四億セルクとなります」

受付嬢の言葉にレクス達はもちろん、周りにいた冒険者達も口をあんぐりと開けて、目を見開いた。

「よ、四億セルク……!?」

レクスはその膨大《ぼうだい》な額に驚愕《きょうがく》の表情で呟《つぶや》いた。

彼は五千万セルクくらいだろうと予想していたのが、実際はその八倍。当然の反応だ。

四億セルクもあれば、王都に豪邸《ごうてい》を買える。

普通に生活するだけなら、一生働かなくて済む金額だ。

エレナ、ミーシャもレクスと同様の表情を浮かべている。犬型の魔物レインだけが、お金の価値がよくわからないのか、皆の反応に首を傾げていた。

「ええ。むしろ、これくらいの額しか用意出来なくて悪い、とギルドマスターがおっしゃっていました」

「――!?」

受付嬢の言葉を聞き、レクスはさらに驚いた。

（オーグデンさん、もっと報酬を用意するつもりだったんですか……僕としてはこれでも多すぎると思うんですが……）

周りの冒険者達は、四億セルクという額に最初は驚いていたものの、最終的には「当然だな」と納得するように頷いていた。

彼らはレクスがアラクネを倒し、王都の危機を救ったことを知っている。あそこで倒せなかったら、アラクネは間違いなくセレニア王国に甚大《じんだい》な被害を及《およ》ぼしていた。

レクスの功績《こうせき》はかなり大きい。

それを考えると、四億セルクでも少ないくらいである。

しかし――

「四億セルク、ですか。さすがにそんな大金を持ち歩くのはちょっと……」

レクスが困った顔でそう言った。それを聞いた受付嬢は、おずおずといった様子である提案を持ちかける。

「レクス様。一つご提案があるのですが、よろしいでしょうか」

「……？」

「レクス様は〝バンク〟をご存知ですか？」

レクスはそんな言葉を聞いたことがなかったので「いえ」と首を横に振った。エレナ、ミーシャも同じような反応だ。

「そうですか。では、簡単にご説明させていただきますね。バンクというのは、顧客《こきゃく》の手元に置ききれないお金を預かり、特殊《とくしゅ》な魔法によって管理している場所です」

「ちなみにこのギルドの裏手にありますので」と受付嬢はそう付け加えた。

レクスはギルドによく足を運《はこ》んでいたものの、今まで裏手にそんな場所があることを全く知らなかった。

「その特殊な魔法というのは？」

レクスは、一番気になったことを尋ねた。

特殊な魔法なるものが、バンクのシステムの要《かなめ》だろう。それがしっかりしているかどうかわからなければ、とてもじゃないが大金を預ける気にはなれない。

「すみません、私もそのあたりはよく知らないのです。聞いた話だと、顧客の魔力の波《は》長《ちょう》やその他の情報を読み取る事で、その人がどれくらいの額を預けたのかわかる仕組みらしいです」

受付嬢は、知っている限りの事を説明した。

原理はともかくとして、彼女の話を聞く限りでは安心して預けられそうだとレクスは感じた。

「ありがとうございました。では、バンクに行ってみることにします。わざわざ説明してくださって、助かりました」

レクスはペコリと軽く頭を下げた。

「い、いえいえ、こちらこそ！　レクス様のお役に立てて何よりです！」

受付嬢は慌《あわ》てたようにそう応えた。

その言葉にレクスは苦笑《にがわら》いする。

これ以上居心地が悪くなる前に冒険者ギルドを去ろうと、レクスは報酬をなんでも入る魔法袋《マジックバッグ》に入れて外に出た。

「さて、とりあえずバンクに行きましょう」

レクスはそう呟くと、エレナ、ミーシャ、レインと共に冒険者ギルドの裏手にあるバンクへと向かうのだった。

バンクで無事に登録を済ませてお金を預けた後――

レクスはオーク十体の討伐依頼を受けて、王都近くに広がるユビネス大森林帯に来ていた。

「『走る』！」

レクスはオークに向かって一直線に突っ走る。そのスピードは光に迫るとまでは言わないが、とてつもない速さだ。

「ブモオオォォォォォォ‼」

オークはレクスの姿を捉えられず、滅茶苦茶《めちゃくちゃ》に棍棒《こんぼう》を振り回す。

レクスが使用したスキル『走る』は、最近になってやっと『日常動作』だと気付いたスキルの一つだ。

いや、気付いたというよりは気付かされたの方が近いだろう。

それは、レクスがアラクネを倒すために『絶腕《ぜつわん》』を使い、副作用で全身筋肉痛に襲《おそ》われていた時のこと――

『そういえば、あの時に出た画面、まだ内容を確認してませんでしたね』

レクスはふとその事に気付いた。

居候《いそうろう》先の家の主、ディベルティメント騎士団団長のフィアがお見舞いのために部屋に入ってくる前まで、レクスはアラクネのステータスを『日常動作』の『取る』スキルで奪《うば》っていた。

それが終わった直後、いつも見ている画面が切り替わって何かが表示されたのだが、そのタイミングでフィアが入ってきたので、確認を後回しにしていたのだ。

レクスは、その画面を確認する。

◇『走る』がグレードアップしました。内容は以下の通りです。
走る際の移動速度を三倍に上げる。しかし、身体《からだ》の制御《せいぎょ》は難《むずか》しいため、慣れないうちは真《ま》っ直《す》ぐ走るだけで精一杯《せいいっぱい》。


『走る、ですか……そう言えば、日常的にこの能力は使っていたかもです』

走ることはあまりにも日常的な行為だったので、レクスはその能力を全く気にかけていなかった。確かに思い返してみれば、普通の人よりもかなり速いスピードで移動していたかもしれない。

『まあ、この筋肉痛が治《なお》ったら、ぼちぼち練習するとしましょうかね』

そんな経緯があって現在に至るわけだ。

「『超重斬撃《ちょうじゅうざんげき》』‼」

斬撃の威力《いりょく》を増すスキルを使用したレクスの剣は、的確にオークの肥《こ》えた腹に直撃。さらに同じような効果を発揮する『重力纏《じゅうりょくてん》』と『威力上昇《いりょくじょうしょう》』のオプション付きだ。

「ブモオオォォォォォ⁉」

オークは痛そうな悲鳴を上げ、苦悶《くもん》の表情を浮かべる暇《ひま》もなく吹っ飛ばされた。その腹からは、大量の血飛沫《ちしぶき》が舞う。明らかに致死量《ちしりょう》を超《こ》えていた。

「はぁ、はぁ……『脚力強化（中）』なんて比じゃないくらいにやばいですね、これ。しかも、結構体力を使いますし。少し体力をつけないと使い物になりません」

レクスはそんなことを呟きながら、膝《ひざ》に手をついて呼吸を整《ととの》える。エレナ、ミーシャ、レインがレクスのもとへ駆《か》け寄る。

「……レクス。お水、飲む？」

エレナは自身の魔法袋から、水の入った水筒を取り出して、レクスに渡す。

「あ、ありがとうございます……」

レクスはそれを受け取り、蓋《ふた》を回して開け、一気に飲む。

中身はキンキンというほどではないが、飲みやすい温度に冷えていた。

レクスは水筒の中身を半分くらいまで飲み干《ほ》すと、再び蓋を閉めてエレナに返した。

「ふぅ……体力作りについては、オーグデンさん達に今度頼《たの》んでみましょうかね」

レクスはアラクネ戦後の筋肉痛が治ってから、以前より行っていたオーグデン達との修《しゅ》業《ぎょう》を再開していた。

ちなみにレクスは今、剣技を教わっている。他の武器の稽古《けいこ》も後程やるつもりだ。

（『走る』を使うにしても、今の五倍……いや、場合によっては、それ以上の体力が必要になるかもしれませんね。僕もどうやらまだまだのようです）

レクスはそんなことを思って苦笑《くしょう》しつつ、自分の目の前に現れた画面を見て、どのステータスを取ろうかと考える。

◇『取る』項目を二つ選んでください。

【体　力】3523　【魔　力】2108
【攻撃力】5865　【防御力】4906
【素早さ】1004　【知　力】1076
【スキル】
『攻撃力上昇《パワーリング》』『棍棒術《こんぼうじゅつ》LV3』『豪腕《ごうわん》』

「『棍棒術』と『豪腕』は、とりあえずいらないですね。同じものを取ればスキルが進化しますけど、これ以上進化するとどうなるかわかりませんし」

考えた結果、レクスは一番数値の高い攻撃力と『攻撃力上昇』を選択した。

「これでだいぶ攻撃力も上がってきました」

レクスはそんなことを言いながら、一息ついた。

これで倒したオークの数は十体になった。

レクスはオークを倒す度に攻撃力と『攻撃力上昇』ばかり取っているのだが、それには理由があり、自分の足《た》りないところを補《おぎな》いつつ、取れるステータスの中で一番数値が高いものを選んでいるからだ。

「レクス」

ミーシャに呼ばれ、レクスがそちらを向くと——

「ブモオオオオォォォォ!!」

そこには、六体のオークが立っていた。

仲間を殺されたことに怒っているのか、大声で喚《わめ》いている。

レクスはすぐさま戦闘体勢を取るが、ミーシャがレクスを手で制した。

「レクス。次は私達に任《まか》せて」

ミーシャはレクスにそう言った。レクスがエレナとレインに視線を向けると、二人共コクッと頷いた。

「わかりました。じゃあ、任せますよ」

エレナ、ミーシャはレクスの返事に満足したのか、彼に微笑《ほほえ》み返し、戦闘体勢に入った。

「ブモオオオォォォォ‼」

オークは一斉にエレナ達に襲いかかる。

その手には棍棒。しかし、スピードはかなり遅《おそ》い。

「炎と風よ……今、交わりて敵を射《い》ぬけ……『炎風槍《フレイムウィンドシュペーア》』……！」

「土よ、我《わ》が前に結集し、無数の針となれ……『土雨《アースレイン》』！」

二人が呪文を唱えると、エレナの目の前に風を纏《まと》った炎の槍《やり》が形成され、ミーシャの目の前には、数十個の茶色の魔法陣が出現した。

さらにレインは水魔法を発動するべく、水色の魔法陣を展開している。

そして、それぞれの魔法が発射された。

「ブモオオオォォォォ⁉」

エレナの風を纏った炎の槍、ミーシャの土属性の針、レインの水属性の刃が見事オークに的中する。

オークは、身体を二つにスパァーン！　と切り裂《さ》かれたり、身体を貫《つらぬ》かれたりして、そのまま地面に倒れた。

「魔法を合成ですか……そんなの今まで考えた事もありませんでした」

レクスはエレナの魔法『炎風槍』を見て、素直に感心していた。

今までは魔法を合成するまでもなく、魔物を倒せていたので、そんなことは頭に浮かばなかったのだ。

「組み合わせによっては威力が格段に上がりますよね。今のエレナの魔法もスピードが上がってましたし……今度試《ため》してみましょう」

レクスは、楽しげな表情でそう呟くと、オークのステータスから再び攻撃力と『攻撃力上昇』を取りまくる。

その後、冒険者ギルドに依頼完了を報告し、報酬を受け取った。

＊＊＊

「くそっ……早くどうにかしないとっ」

藍色《あいいろ》がかった髪の少年――リシャルトは焦《あせ》っていた。

リシャルトは現在、留学という形をとって一時的に領地を出てセレニア王国のシルリス学園に通っているのだが、領地のことが気がかりで仕方なかった。

いや、正確には、その領地を治めている両親のことが心配だった。

両親は「大丈夫だから、安心して学園に通ってきなさい」と言っていたが、楽観視《らっかんし》できる事態じゃないということは、リシャルトもわかっている。

「何かないか、何か……」

頭をがしがしと掻《か》きながら考えを巡《めぐ》らせる。

（やはり、協力を求めるしかないのだろうか。だが、あまり人に迷惑をかけるわけにも……）

少年は思考の迷路に入ってしまった。

＊＊＊

「…………」

最近、リシャルトは悩《なや》むような仕草をすることが増えた。現に今もリシャルトは教室の自分の席に座って何か考え込んでいた。

レクスはそんなリシャルトが気になり、話しかける。

「リシャルトさん、どうかしましたか？　何か悩んでいるみたいですが……」

「え？　……いや、なんでもないよ。ちょっとボーッとしてただけ」

「……そうなんですね」

その表情はなんでもない人のそれではない。

何かあるのかもしれない、とレクスは思った。

「……っていうわけなんですけど、絶対に何かあると思うんですよ」

休み時間になり、レクスはリシャルトの様子をフィオナ達に話していた。

「そうね。普段、あれだけお気楽なんだから、それはおかしいわ」

「お気楽って……」

フィオナの言葉にキャロルは苦笑した。

「……そういえば、リシャルトは授業が終わったらいつも真っ先に帰ってる」

ルリが手を顎《あご》に当て、ボソッと呟いた。

確かにリシャルトは授業が終わった後、いつもレクス達が声をかける前に帰っていた。

レクスはリシャルトがただ単に早く帰りたいだけだと思っていたのだが、もしそうでないとすれば……。

キャロルが面白《おもしろ》そうに言う。

「なら、リシャルトの後をつけてみようぜっ！」

「……そうね、つければわかることよ！」

フィオナがびしっと指をさしてキャロルに賛同した。ルリも追従《ついじゅう》するようにコクコクと頷く。

「え、でも……」

レクスがためらいつつ口を開くが、キャロルに詰《つ》め寄られる。

「つければ、リシャルトが元気がない理由がわかるかもしれないぞ？」

「そうそう、ついでに弱みも……」

「弱みを握《にぎ》る必要はなくないですか？」

フィオナの言葉に苦笑するレクス。彼はしばし考えると、やがて顔を上げる。

「そうですね……行動しないことには何もわかりませんしね。人のプライベートを覗くようであまり気は進みませんが、尾行《びこう》しますか」

「では、今日はここまでっす～。皆さん、お疲れっす～」

魔法の座学《ざがく》担当教師、コーディがそう言って教室を出ていった。

これが今日の最後の授業だ。

シルリス学園では、最後の授業が終わるとすぐに帰っていいことになっている。重要な連絡がある時には担任の先生――レクス達のSクラスは学園の理事長でフィアの友人でもあるウルハ――が来るが、そう頻繁《ひんぱん》にはない。

今日も授業が終わるとリシャルトはそそくさと帰る準備をして、誰にも話しかけることなく、そのまま教室を出ていってしまった。

「よし……尾行開始だなっ！」

キャロルはどこから取り出したのか、眼鏡をかけてくいっと上げるような仕草をする。

「えっ、どっから出したの、その眼鏡」

ルリが尋ねると、キャロルはなぜか目をそらして答える。

「これ、うちの父親の眼鏡なんだー。なんか、たまたまポケットに入ってた」

「……たまたま？」

じと目でキャロルを見るルリ。

「い、いや、決して、眼鏡かけるとかっこよさそうだから、なんかあった時に使えるように持っとこーとか思ったわけじゃないからなっ！　うっ……気持ち悪い」

キャロルはさっと眼鏡を外《はず》してポケットにしまった。度が強すぎて、酔《よ》ってしまったようだ。

「ったく、ほら、そんなことしてたらリシャルトを見失っちゃうわよ」

フィオナが呆《あき》れたように溜め息をついた。

こうして、レクス達はリシャルトの尾行を開始するのだった。

＊＊＊

「なんか妙に早足ね」

「そうですね」

レクスはフィオナの言葉に頷いた。

リシャルトはフィオナの言う通り、早足で廊下《ろうか》を歩いていた。結構急いでいるようだ。

リシャルトが時々後ろを振り返るので、レクス達は見つかるかもと冷や冷やしながら追っていく。

しばらくすると、レクス達はある場所にたどり着いた。リシャルトの目的地は意外にも学園内だったようだ。

フィオナが呟く。

「図書館……？」

「っていうか、シルリス学園にも図書館ってあったんですね」

「当たり前だろ～？」

レクスの言葉を聞いたキャロルが、呆れたようにそう言った。ルリはその後ろでコクコクと頷いている。

レクス達は図書館に入っていくリシャルトの後ろについて入っていった。

「何か調《しら》べものをしてるみたいだな……」

キャロルがリシャルトの行動を観察しながら呟いた。

リシャルトは主に魔法関係の本を見ているみたいだ。中でも多いのが、光魔法と闇魔法についての本。これだけなら、熱心に魔法の勉強をしてるだけに見えるが、彼はその後、学園を出て別の場所に移動した。

「ここは、冒険者ギルドの訓練場？」

リシャルトを追ってレクス達が到着したのは、冒険者ギルドから少し離《はな》れた場所にある訓練場だ。

「なんか鬼気迫《ききせま》る表情で魔法を撃《う》ちまくってるんだけど……」

フィオナが少し引いたように言った。

確かにリシャルトは、一心不乱《いっしんふらん》にそこかしこに魔法を撃ち続けていた。まるで何かにとりつかれたようだ。

しばらくすると魔法を発動するのをやめ、休憩《きゅうけい》のためか訓練場の端《はし》っこで図書館で借りた本を読みながら、汗を拭《ぬぐ》っていた。

「んー……やっぱり何かおかしいわね」

「まあ、結局何が原因かわかんなかったなー」

その後も観察を続けたが、リシャルトが思い悩む理由は判明しなかった。

「もう、明日直接聞いてみた方がいいんじゃないでしょうか」

レクスは皆にそう提案する。

わからない以上、普通に本人に聞いた方が早い。

もしかすると答えるのを渋《しぶ》られるかもしれないが、仮にも友人が悩んでいるのであれば力になってあげたい。それに、リシャルトに何か起きてからでは、見過ごしたことを後悔《こうかい》する。レクスはそんなことを考えていた。

「……そうね」

「そうだな」

「……直接聞くべき」

フィオナもキャロルもルリも、優《やさ》しい笑みを浮かべながらそう言った。

皆、リシャルトが困っているのなら、手を差し伸《の》べたいのだ。

＊＊＊

その翌日――

「「「「いってらっしゃい、レクス君」」」」

レクスが居候先のネスラ家を出る時、いつも通りメイド達が見送った。

「気をつけて行ってくるんだよ、レクス」

「怪我《けが》するんじゃないぞ」

「レクス……早く帰ってきてね……昨日みたいに遅く帰ってきたらダメだよ……？」

「そうよー！　帰ってきてたっくさん魔力を吸わせるのよ！」

《ご主人、行ってらっしゃーい》

フィア、セレス、エレナ、ミーシャ、レインがそれぞれレクスに言葉をかけた。

ちなみに魔物のレインは、スキル『思念伝達《しねんでんたつ》』でレクスの頭に直接話しかけている。

レクスは笑みを浮かべながら、それらの言葉を背に学園に向かった。


「う～ん……」

今日も今日とてリシャルトは考え込んでいた。

以前よりも口数が減《へ》っており、快活《かいかつ》な雰囲気《ふんいき》もなくなってきている。レクスは意を決して話しかけることにした。

「リシャルトさん、やっぱり何かありましたか？　昨日もそんな感じでしたが……」

「いや、だから何もないって……」

「昨日、あなたの後をつけたのよ、リシャルト」

フィオナがリシャルトの後ろで仁王立《におうだ》ちして言った。

レクスは遠回しに追及《ついきゅう》するつもりだったが、フィオナがド直球に聞いてしまったので、慌ててしまう。

（フィ、フィオナさん……!?）

（大丈夫、任せなさい！）

パチンッとレクスにウィンクするフィオナ。

安心できるような要素がどこにもない気がするのだが、ここまで自信満々なところを見ると、フィオナには何か策があるのかもしれない。ここは任せてみようと、レクスは思った。

「あ、後をつけた……？」

リシャルトが呆然《ぼうぜん》とした顔で呟くと、フィオナは頷く。

「ええ。必死にいろいろやっていたみたいだけれど、事情を話してもらえない？　リシャルトが困ってるなら、私達もできる限り力になってあげたいと思って」

「あ、後をつけられてた……？　ど、どうしよう……いや、でも、行き詰まってたわけだし……」

リシャルトはいまだに状況を呑《の》みこめていないようで、ぶつぶつと呟いていた。やはり、いきなりの暴露《ばくろ》はよくなかったのでは？　と、レクスは思ってしまう。

しかし――

「いずればれるだろうし、まあ、仕方ないか……」

言うつもりはなかったが、こうなった以上、もう巻き込んでしまおうとリシャルトは考えた。

自分一人で解決できる問題ではなかったので、ちょうど良い機会なのかもしれない。

「実は……」

リシャルトがずっと顔をしかめて考えていたことはなんだったのか。レクスとフィオナは思わずごくりと唾《つば》を呑む。

「……うちに幽霊《ゆうれい》が出るんだ」

「「…………………は？」」

聞き間違いでなければ、リシャルトは幽霊と言った。その答えに今度はレクス達が呆然とする番だった。

リシャルトが続ける。

「俺の実家に古い蔵《くら》があるんだけど、そこに幽霊が住みついてるみたいで……夜《よ》な夜《よ》な声が聞こえるんだ……！」

真剣な声音《こわね》で話しているところ悪いと思ったが、レクスは言わずにはいられなかった。

「え、それだけですか？」

「それだけって……それがやばいんだよー！」

リシャルトが頭を抱えながら叫んだ。

どうやら彼は幽霊が苦手《にがて》のようだ。幽霊のことを思い出しているのか、今も顔が真《ま》っ青《さお》である。

そもそも、レクスは幽霊というものを見たことがない。本当にいるかどうかも疑《うたが》わしいくらいである。

「……なんか、あれだけ言っておいてなんだけど、聞いて損《そん》した気分だわ」

「なんで⁉」

フィオナの言葉を聞いて、リシャルトは涙目になる。珍しい光景だ。

「まあ、一応リシャルトが悩んでいる原因はわかったことだし、キャロル達にも伝えましょうか。気になっていると思うわ」

＊＊＊

授業が全て終わり、レクス達は下校のため校門前に集合していた。

「ぷっ、あはははは！　幽霊⁉　そんなのにびびってたんかよ！」

「……幽、霊……」

キャロルは噴《ふ》き出すように笑っていた。ルリもプルプルとしているし、恐らく笑いをこらえているのだろう。

リシャルトはそんな二人の反応を見て、顔を真っ赤《まっか》にしていた。

「い、いや、笑い事じゃないって！　本当なんだよー！」

リシャルトがそう叫ぶも、キャロルとルリの笑いは止まらない。

「つーか、そんなに怖《こわ》いなら、私達が退治してやろーか?」

「キャロル、あなた幽霊退治できるような魔法使えないでしょ」

「まあ、確かに光魔法は明かりを灯《とも》すくらいが限界だけどな〜。まあ、レクスがいればなんとかなるでしょっ!」

フィオナの指摘を気にした様子もなく、キャロルはポンポンとレクスの肩を強く叩《たた》きながらそう言った。

「え、本当に⁉ 退治してくれるの⁉ それなら、今度の長期休暇の時にうちに来てやっつけてくれ!」

リシャルトが途端《とたん》に明るい表情を浮かべた。

彼の言う通り、期末テストが終わったら長期休暇が始まる。レクスは長期休暇中にやりたいことをいろいろ考えていたが、友達の家に行くというのはなかなか良いかもしれない。

レクスはこの前訪れたフィオナの屋敷以外、あまり友達の家に行ったことがなかったので、幽霊退治云々《うんぬん》はさておき、リシャルトの家には行ってみたいと思った。

「調査も兼《か》ねて、リシャルトさんの家に遊びに行くのは面白そうですね」

「そうだなっ!」

「そうね」

「……うんうん」

レクスの言葉に、キャロル、フィオナ、ルリが頷いた。

「ありがとう……！」

リシャルトは心底安心したようにお礼を言ってきた。

レクス達の目的の半分以上は〝遊びに行きたい〟というものだったが、リシャルトの不安を取り除《のぞ》いてあげたい気持ちも多少はあるので、レクス達は調査を少しだけやって幽霊はいないと証明しようと心に決めた。

フィオナが口を開く。

「まあ、まずは期末テストね。赤点取ったら補習らしいし」

「そうですね。頑張《がんば》らないとですね」

リシャルトの家に行くのも良いが、まずは期末テストの突破《とっぱ》からだ。

＊＊＊

それから数日が経《た》ち、朝のＳＨＲ《ショートホームルーム》にて――

「……最後にもう一つ。明日から期末テストだ。赤点を取った者は、長期休暇中に補習があるから、各自頑張るように」

担任のウルハはそう言うと、名簿を持って教室を去っていく。

ウルハが教室を出ていくと、いつも通り生徒達が席を立ち、談笑《だんしょう》を始めた。

クラスの人気者であるフィオナの周りには生徒達が集まり、期末テストについて話している。相変《あいか》わらず、この光景は入学した時から変わらない。

「ふう、明日から期末テストかぁ……」

レクスは一応テスト範囲の勉強をしっかりとやってはいたが、自信はあまりなかった。教科が多すぎて復習が全く追いついてないのも不安に感じる。このままだと赤点で補習確定……

レクスが机に突《つ》っ伏《ぷ》して、テストへの不安に苛《さいな》まれていると――

「レクス、どうしたの？　溜め息なんかついて」

声のした方に顔を向けると、フィオナがレクスの顔を覗き込んでいた。

「え、フィオナさん⁉　あれ、さっきまで他の人達と話してたんじゃゃ……」

「ああ、それなら、ほら。あっち」

フィオナは自分の席を指差す。

すると、そこには、誰も座っていない椅子《いす》に向かって話しかけている生徒達の姿があった。一体どういうことなのか。

「えーっと、あれは？」

「幻覚系《げんかく》の魔法よ。効果範囲内にいる相手に幻覚を見せることができるの。ちなみに、私のオリジナルよ♪」

フィオナは楽しそうにそう言った。入学した時、フィオナは全くと言っていいほど魔法が使えなかった。それからレクスと特訓を続けていたのだが、そのおかげか、最近は自分の思い通りに魔法を発動できるようになってきている。

「全く……ほどほどにしてくださいよ？　ほんとは校内で魔法を使っちゃダメなんですから」

シルリス学園では、演習場などの決められた場所以外での魔法の使用は禁止されている。それは他の学園でも大体一緒だ。

「わかってるわよ。ところでレクス、期末の勉強、ちゃんとしてるの？」

フィオナはレクスに胡乱《うろん》げな眼差《まなざ》しを向けて、尋ねた。

まさにそのことを考えていたレクスは図星《ずぼし》を指され、フィオナからサッと目をそらす。

しかし、それを見逃すフィオナではない。

「さてはレクス、勉強してないでしょ？」

「い、いや、勉強はしてるんですけど、なかなか捗《はかど》らないっていうか、なんていうか……」

実のところ、試験の範囲が広すぎて、全ては覚えきれていない。

レクスはド田舎《いなか》の村で育ち、常識について勉強する間もなく家を追い出されてしまった過去がある。

そのため、勉強会の時のように皆が知っていることを知らず、結果的に普通の人の倍覚えることが出てきてしまった。

しかも、学園の先生も知っている前提で話を進めてしまうので、知識があやふやなままになってしまっているのだ。

レクスがそんな事情をフィオナに話すと、フィオナは「ああ、なるほど……」と頷き、苦笑する。

「それなら今日、この近くにある図書館で一緒に勉強しましょう。細かいところまで、みっちりやってあげるから」

フィオナはニッコリと笑いながらそう言った。

「本当ですか⁉」

レクスはその提案に即座に食いついた。授業で先生に聞けなかったことも、フィオナに聞けるのなら、レクスにとっては万々歳《ばんばんざい》だ。

「でも、いいんですか？　テスト前日なのに、僕の勉強に付き合ってもらっちゃって」

「いいわよ。もう大体終わってるし。それに、教えながら私も復習ができるし、ちょうどいいわ」

フィオナはなんてことはないという風な表情を浮かべている。

レクスはフィオナの顔を見て、彼女の言葉が嘘《うそ》ではないとわかり、ホッと息をつく。

フィオナがそう言うのであれば、遠慮《えんりょ》なく教えてもらうことに決め、彼女のためにも赤点を回避《かいひ》しようと決意を新《あら》たにする。

「じゃあ、よろしくお願いします」

こうして、レクスは放課後にフィオナと二人で勉強することになった。


学校での授業を終えたレクスとフィオナは、ルリとキャロルと途中まで一緒に帰り、別れた。

別れ際《ぎわ》、キャロルはフィオナの耳元で「頑張れ」と囁《ささや》いた。ルリも握《にぎ》り拳《こぶし》を作り、ファイトと言わんばかりに頷いていたが、フィオナは「そ、そんなんじゃないからね！」とレクスに聞こえないように言い返した。

「ここがカルム図書館よ」

フィオナがそう言って、ある建物《たてもの》を指差す。

（う〜ん、図書館というよりは、カフェって言った方がしっくり来ますね、この建物）

レクスはそんなことを考えた。

カルム図書館は、外装《がいそう》がどことなくオシャレで華《はな》やかさを感じさせる建物で、図書館には見えなかった。

フィオナがドアを開けて二人が中に入ると、右奥の方にカウンターがあり、眼鏡をかけた茶髪のロングストレートが特徴的な女性が、くるくる回る椅子に腰かけて本を読んでいた。どことなくクールな印象を受ける。

図書館の中は正面《しょうめん》から左側が本棚ゾーン、右側には丸いテーブルと椅子が備《そな》えつけられており、カフェが併設《へいせつ》された書店のようだった。

「……いらっしゃい」

カウンターの女性は来客に気付いたのか、本から顔を上げてそう言った。クールな顔に似て、口調《くちょう》も少し冷たい。

「あそこに座りましょう」

フィオナは一番奥の席を指差す。

人が集まりそうな夕方という時間帯にもかかわらず、カルム図書館の中は空《す》いていた。

レクスはフィオナの言葉に頷き、席に移動し、荷物を床に置いて座った。

フィオナが現女王の娘だということは町でも周知の事実らしく、あちらこちらでひそひそと「あれって、フィオナ様じゃない？」とか「ああ、本当だ」などと話しているのがレクスにも聞こえてくる。

しかし、そこまで騒《さわ》がれなかった。フィオナは普段からこのカルム図書館を訪れているので、常連の客は慣れているのだ。

「飲み物取ってくるけど、何がいい？　って、レクスはここの飲み物の種類を知らないわよね」

「図書館なのに、飲み物が飲めるんですか？」

「ええ。ほら、あそこ」

フィオナが示す先には、様々な色の飲み物が入った容器が机の上に置かれていた。その隣には、コップも備えられている。

レクスはそれを見て、「へぇ……」と感心したように頷いた。

「飲み物、取りに行きましょ」

フィオナはそう言うと、席を立ってドリンクコーナーへ向かう。

レクスもフィオナの後を追った。

「えーと、これは……パイン？」

レクスは、容器に貼《は》られている手書きのテープを見て呟いた。容器の中には、黄色の飲み物が入っている。

「ここのパインジュースは甘酸《あまず》っぱくて美味《おい》しいわよ」

フィオナの言葉を聞き、レクスは考える。

（甘酸っぱいですかぁ。僕、酸《す》っぱいのあまり好きじゃないんですよね）

レクスは、パインジュースの入った容器を置いた。続いて手に取ったのは、白い飲み物が入った容器。裏には〝パーム〟と書かれていた。

「パームですか……」

パームと聞いてレクスが思い出すのは、ネスラ家の庭園にもある赤くて丸い実だ。あれは、さっぱりした甘さがあってとても美味しかった覚えがある。

「よし、これにしよう」

レクスは適当なコップを取って、パームジュースを注ぐ。

ふと隣を見ると、フィオナが既《すで》にジュースを入れ終えて待っていた。フィオナのコップには、オレンジジュースが入っている。

「選び終わった？　じゃあ、行きましょ」

フィオナはレクスのコップにジュースが注がれているのを確認して、そう言った。

「はい」

レクスはフィオナの言葉に頷くと席に戻り、テスト勉強を開始するのだった。

「はぁ、レクス。あなた、魔法以外全っ然ダメじゃない……」

フィオナは溜め息をつき、額に手を当てながら言った。

「あははは……」

レクスはただただ苦笑するしかない。

授業内容の復習を兼ねてフィオナが作ってきた問題を解《と》いたのだが、その結果は散々《さんざん》だった。

以前行った勉強会でフィオナが教えたところ以外、全く出来なかったのだ。唯一点数を取れた魔法もぎりぎり及第点《きゅうだいてん》なだけで、少しでも点数を落とせばアウトだ。

このままでは、レクスは確実に補習になってしまう。

「どうしましょう……」

今からフィオナが一つ一つ丁寧に教えたとしても間に合わないだろう。

レクスがまさかこれほど勉強ができないとは微塵《みじん》も思っていなかったフィオナは、「う～ん……」と考え込んでしまう。

レクスはそんなフィオナの様子を見て、申し訳なく思った。

「あ、そうだ」

フィオナは何か閃《ひらめ》いたのか、掌《てのひら》に拳をポンとのせて呟いた。

「もう暗記しましょう、暗記」

頭で考えるよりも、何回も読み込んで、全て暗記してしまうのが早いと判断したのだ。

レクスは頭が悪いわけではないので、暗記であればなんとかなるかもしれない。

フィオナはそこまで考えて、自分を落ち着けるように一度、オレンジジュースを飲む。

「じゃあ、まずは槍術《そうじゅつ》からいきましょう」

フィオナにそう言われ、レクスは槍術の教科書を出し、指定されたところを読み始める。

「一通り読み終わったらテストするからね」

「はい、わかりました」

レクスはフィオナの顔を見て頷くと、再び教科書に視線を戻す。もちろん、図書館の中なので黙読《もくどく》だ。

（えーと、槍術はユスティネ・アールデルスによって生み出され、現代までに七つの流派に分かれて受け継《つ》がれてきた。槍術は、主に突きを中心とした技が多く、その長いリーチを活《い》かした攻撃が特徴的である……）

ここまで読み進めたところで、レクスは一旦《いったん》読むのを止めた。

（……リーチ？　ああ、そういえば先生が度々《たびたび》そう口にしてたような……でも、結局わからなかったんですよね、これ）

「フィオナさん、リーチってなんだかわかります？」

レクスがそう尋ねると、フィオナは羽ペンを置いて「はぁ……」と呆れたように溜め息をついた。

まさか、そこから説明する羽目《はめ》になるとは思わなかったのだ。これでは、先が思いやられる。

「リーチっていうのは、その武器が届きうる攻撃範囲のことよ」

フィオナが簡潔《かんけつ》に説明すると、レクスは「なるほど、そういうことなんですね」と納得したように頷く。そして、また教科書を読み始めた。

フィオナはそんなレクスを見て苦笑すると、レクスのための問題用紙作りに励《はげ》むのだった。


「はぁ……疲れましたぁ～」

レクスは、そう言いながら大きく伸びをした。外はすっかり日が落ちて、時刻ももう遅い。

「ったく……どんだけ手間をかけさせるのよ……」

フィオナは額に手を当てて、溜め息をついた。

主にレクスの常識のなさに苦しめられたせいで、もう少し早めに帰れるはずが、ここまで延《の》びてしまったのだ。

「すみません……」

レクスは申し訳なさそうに頭を下げた。フィオナにここまでしてもらったからには何かお返しをしなければならないだろうと、レクスは考えていた。もちろん赤点回避の他に、だ。

「フィオナさ……」

レクスは、名前を呼びかけて止めた。フィオナへのお礼は、サプライズという形で期末テスト後に渡したい。その方がフィオナも喜ぶだろう。レクスはなんとなくそう思った。

「何？」

フィオナがレクスに聞き返すと、レクスは微笑んで言う。

「今日は期末テストの勉強に付き合ってくれて、ありがとうございました」

すると、フィオナは顔を真っ赤にした。

「そ、そう。レクス、私がここまでやってあげたんだから、赤点回避しなさいよ」

フィオナは、そうじゃなきゃ長期休暇中に遊べる時間が減るじゃない、と心の中で付け加える。

「はい、必ず」

レクスはフィオナの言葉に頷くと、一緒に歩き出すのだった。

＊＊＊

フィオナと期末テスト勉強に励んだ、その翌日——

「では、始め！」

ウルハが告《つ》げた開始の合図をきっかけに、テストがスタートした。

一時間目の試験教科は薬学だ。生徒達は問題冊子を開き、取りかかる。レクスも、きちんと解答用紙に名前を記入し、問題を解き始めた。

(えーと、第一問は、回復薬の調合手順を正しい順番に並び替えよ、ですか……確か授業でやりましたね)

レクスは授業で習った手順をなんとか思い出しながら、その順番に記号を並び替えた。

そこでホッと一息つくと、次の問題に取りかかる。テストはまだ始まったばかり。他にもまだまだ問題はあるのだ。制限時間五十分の間に全てを解き終わらなければならない。

(次は調合の定義を答えよ、ですか。これは教科書にまるまる書いてありました!)

レクスは答えを記入していく。昨日、嫌というほど教科書を読み込んだので、文言も完《かん》璧《ぺき》に暗記していた。

(この調子ならいけそうです!)

レクスは少し微笑みながらそんなことを思うと、引き続き問題を解いていくのだった。

＊＊＊

「――そこまで!」

ウルハの声で、皆一斉に羽ペンを机に置いた。レクスはなんとか最後の解答を書き終えたところだった。

「後ろから順番に解答用紙を回せ」

ウルハがそう言うと、生徒達は解答用紙を前に回していく。

レクスも前の席の人に解答用紙を渡した。やがて、解答用紙が前一列に集まると、ウルハは左から順に回収した。

「では、休み時間にしていいぞ。次のテストは十五分後に開始だ。五分前には着席しているように」

ウルハがそう告げると、生徒達は席を立って、「テスト、どうだった?」とか「あの問題、答え何?」など、それぞれ仲の良い者同士で話し始めた。

フィオナの周りにも、何人かが集まっている。彼らが話しかけているのは幻影《げんえい》……ではなく、本物のフィオナだ。

さすがにウルハの近くで魔法を使えば、すぐに勘《かん》づかれるだろう。フィオナもそれだけは避《さ》けたかった。彼女はレクスの手応《てごた》えが気になっていたものの、後で聞くことにした。

一方、当のレクスはというと——

(やばい、どうしましょう……ほとんどわかりませんでした!)

椅子に座って頭を抱えていた。幸い、フィオナの周りには生徒達が集まっていたので、彼女にその姿は見えていない。

（最初の方は解けたのに、中盤《ちゅうばん》あたりから全然わからなかった……）

最初は順調だったのだが、途中から発展問題が多くなり、少ししか解けなかったのだ。

教科書に載《の》っている内容ではあったものの、暗記しているだけのレクスには、知識を上手《うま》く応用することができなかった。

レクスは、次の教科ができなかったらどうしようという不安にかられる。

（やばい、やばい、やばい……）

ふと、フィオナの方を向くと、彼女はいまだに生徒達に囲まれていた。

その時、生徒達の隙間《すきま》からフィオナの顔が見え、目が合う。フィオナはファイトと言わんばかりに拳をグッと握りしめた。

（フィオナさん……そうですね。フィオナさんにあそこまでしてもらって赤点がありましたじゃ、申し訳が立ちません。薬学はもうしょうがないですけど、残りの教科は何がなんでも頑張らないと）

レクスはフィオナから励ましを受けて、そう決意を固めた。

そして、残された時間を次の教科――剣術を覚えるのにあてる。少しでも教科書を読んでおけば、忘れていた箇所《かしょ》があった時に気付くことができる。レクスは時間を有効に使った。

そして――

「皆、五分前だ。これから問題用紙と解答用紙を配布する。席に着け」

ウルハの声をきっかけに、生徒達は急いで自分の席に戻った。

（ふぅ……よし。次の剣術も頑張ろう）

レクスは自分を落ち着かせるように深呼吸して、気を引き締《し》めた。

期末テスト初日を終えて、ネスラ家の屋敷に帰ったレクスは、フィア達と夕飯を食べていた。

いつもは王国の政治に関わる仕事で忙しいフィアの姉――セレスも、今日は珍しく一緒に夕食の席に着いている。

「レクス。ちょっと話したいことがあるんだけど……」

フィアが唐突《とうとつ》にそう切り出した。

レクスは、リスのように頬張《ほおば》っていた肉を全て呑み込み、ナイフとフォークを食卓に置いた。

「なんでしょう？」

口元を拭《ぬぐ》いながらフィアに尋ねるレクス。フィアの表情を見るに、真面目《まじめ》な話なのだろうと察し、レクスは姿勢を正《ただ》した。

「実は私、数日屋敷を空《あ》けることになったの」

「屋敷を空《あ》ける？　ああ、だからセレスさんがここにいるんですね」

レクスは納得したような表情でセレスを見た。

「私がここにいるのは仕事が一段落したからだ。偶然《ぐうぜん》だぞ」

セレスはそう言った。

「はあ……そうなんですか。フィアさん、数日留守《るす》っていうのはわかりましたが、何か用事ですか？」

「ううん。用事というよりは任務《にんむ》って感じかな」

「任務って、ディベルティメント騎士団のですよね？　どんな任務なんですか？」

「う〜ん……上手く説明はできないけど、簡単に言えばセレニア王国の各地区の警備《けいび》ってところ」

フィアは、少し唸《うな》った後にそう言った。

少し前にアラクネの騒動《そうどう》があったばかりなので、その関係かもしれない。レクスはそう納得して頷いた。

「そうですか……わかりました。気をつけてくださいね」

レクスはフィアに微笑んだ。フィアは、「うん」と頷いて笑顔を返す。

「じゃあ、フィアが帰ってくるまで、レクスは私の好きにさせてもらおう」

　セレスがそう言って、隣にいるレクスを優しく抱擁《ほうよう》した。恥《は》ずかしいのか、レクスの頬《ほお》がほんのり赤く染《そ》まる。

　すると、フィアとエレナとミーシャがガタッ！　と立ち上がった。

　四人とも食事中だというのにセレスのもとまでツカツカと歩み寄って、レクスとセレスを引き剥《は》がす。

「いくらお姉様でも、それだけは看過《かんか》できないよ？」

「レクスをあんたの好きにはさせないわ！」

「上等……」

　フィアとエレナは笑顔だが、目は笑っていない。特にエレナは、額に青筋《あおすじ》が浮かび上がっていた。

　ミーシャはいかにも彼女らしい仁王立ちで声を張り上げ、セレスを指差している。

　そんな三人を見て、セレスは苦笑した。

　さっきの発言は暗くなりそうな雰囲気を払拭《ふっしょく》するセレスの冗談《じょうだん》だったのだ。多少、本音《ほんね》が含まれてはいるが。

「ちょっと、お姉様！　聞いてるの⁉」

　フィアともよくここまで喋《しゃべ》れるようになったものだ。レクスと出会う前、セレスとフィアは仕事の話をするだけの仲だった。

「ふっ……」

セレスは昔を思い出し、小さく笑った。

「あ、今絶対馬鹿にしたでしょ⁉」

フィアやエレナ、ミーシャが騒ぎ立てるのをセレスは適当に聞き流す。レクスはそんな様子を見て、苦笑いしていた。

＊＊＊

期末テスト二日目の最終科目。教科は魔法だ。

「――では、始め！」

ウルハの合図で、レクスは羽ペンを手に取って解答を始める。

この教科だけは絶対に落としてはならない。というのも、レクスはここまでのどの教科の手応えも芳《かんば》しいとは言えないからだ。

唯一、できたと言えるのは剣術だけ。レクスは普段から剣を扱《あつか》っているので、座学も覚えやすかった。剣術だけは合格ラインに達している自信がある。

「よし……」

レクスは今までで一番速いペースで序盤《じょばん》の問題を解き終える。中盤で一気に難度《なんど》が上がるので、ここからが勝負だ。

（第四問は、この魔法陣の魔法式を答えなさい、ですか。えーと、これは燃焼を引き起こす魔法陣のはずですから……）

レクスは、自分の頭の中で魔法式を組み立てて、それを解答欄《らん》に記入した。幸い、魔法式とその原理は一通り覚えていたので無事に答えられた。中盤が解けたのは非常に大きい。

（このまま一気に最後までいきましょう！）

レクスは胸の内に微《かす》かな闘志《とうし》を燃やしながら、そんなことを思ったのだった。

＊＊＊

「――そこまで！」

ウルハの合図で、皆一斉に羽ペンを置いた。最終科目である魔法が終わり、全教科の試験が終了した。

「後ろから解答用紙を回してくれ」

ウルハの指示に従《したが》って、生徒達は解答用紙を前に回す。前列に集まった解答用紙を回収し終えると、ウルハは教卓に戻り、口を開く。

「二日間の試験、ご苦労だった。ちなみに期末テストは、来週までには返却される予定だ。明日は一日休みだから、期末テストの疲れを癒《いや》すといい」

ウルハはそう告げると、「それじゃ、残りの授業、頑張れよ」と言って教室を去っていった。

今日はまだ授業が二つある。このあと昼食の時間を挟《はさ》んで、残りの授業が行われる予定だった。

（はぁーー……今回の期末テストはさんざんでしたね。自分が常識知らずなことを改めて思い知らされたような気分です。これは、期末テスト前だけじゃなくて、日頃から勉強しないとまずいかも……）

レクスは机に突っ伏して、溜め息をつきながらそんなことを考えた。

もし、これで赤点を取っていれば、フィオナが怒りそうだ。

「レクス、どうしたの？　そんなにしょぼくれて」

声のした方を向くと、フィオナが弁当箱の入った包みを手に持ち、レクスの顔を覗き込んでいた。

レクスは悟《さと》られぬように、慌てて姿勢を正す。

「い、いや、初めての期末テストだったので、疲れたなーって思いまして……」

「あははは……」とぎこちなく笑いながら、レクスはそう言った。本人は誤魔化《ごまか》しているつもりだが、上手く取り繕《つくろ》えていない。

「大方、テストができなかったから落ち込んでるんでしょ」

フィオナに苦笑いで図星を指され、目をそらすレクス。

「はぁ、全く。私があれだけやったのにね？」

「ご、ごめんなさい……」

フィオナは冗談めかしたものの、レクスは少し涙目になり、申し訳なさそうに頭を下げる。そんなレクスを、フィオナは少し可愛いと思ってしまった。

そんな思考を振り払うように言う。

「んんっ！　まあ、仕方ないわよ。次頑張ればいいじゃない」

「本当にすみません」

依然《いぜん》として落ち込むレクスに、フィオナは「仕方ないわね」と溜め息をついて提案する。

「ラウンジに行きましょ。ルリとキャロルも待ってるわよ」

フィオナは半《なか》ば強引にレクスの手を引いて、昼食のためラウンジへ向かったのだった。

＊＊＊

無事に期末テスト後の授業を終え、レクスは懇意《こんい》にしている雑貨店〝ファーベル〟にやって来ていた。

「やぁ、いらっしゃい、レクス！」

カウンターには、ドワーフ族の女性――クレールが立っており、レクスに向かって快活に笑いながら手を振った。

「こんにちは、クレールさん」

レクスはクレールに対して、律儀《りちぎ》に挨拶を返した。

「あれ？　今日はレクス一人？」

「はい、帰ったらエレナ達がいなかったので」

レクスが学園から屋敷に戻ると、珍しくエレナとミーシャが出迎《でむか》えに来なかったのでメイド達に聞いてみたところ、「先ほどお出掛けになりましたよ」と言われていた。

「そう。で、レクス。今日はなんの用なの？　素材の売却《ばいきゃく》？」

クレールは、目を輝かせて身を乗り出しながらそんなことを聞いた。

レクスの持ってくる素材は保存状態が良く、普通の武器を作る時でも他のものより若干《じゃっかん》性能が上がるのだ。クレールは、それを鍛冶屋《かじや》や客に売ることで結構稼《かせ》いでいる。

「ま、まあ、それもあるんですけど……」

クレールの様子に若干引き気味にそう答えたレクス。今日は素材の売却もするつもりではいるが、本題は違う。

「剣以外の武器をここで用意してもらうことってできますか？」

レクスは少し間を空《あ》けた後に言った。

この先、剣や魔法が効かない魔物が出てくる可能性を考え、一通りの武器の使い方を覚えておきたかったのだ。

「う～ん、私はドワーフだけど、武器は作れないんだよね。そういえば、知り合いに鍛冶《かじ》屋《や》がいたな……」

クレールは頬に手を当てて、考え込む。

レクスはそれを聞いた瞬間、即座に食いついた。

「その鍛冶屋はどこに⁉」

「でも、王都からだいぶ離れてるし、あの子、気難しいのよね。なかなか心を開かないっていうか……私には普通に話してくれるんだけど」

（王都から離れてるのはいいとして、気難しい、ですか。まあ、一回行ってみないことにはなんとも言えないですね。とりあえず行ってみましょう）

レクスはそう考え、クレールに尋ねる。

「その鍛冶屋がどこにあるか、教えてもらっていいですか？」

「別にいいけど、大丈夫？　本当に遠いし、行ったところであの子と話せるかなんてわからないよ」

「それでも構いません」

「わかったよ。じゃあ、地図を書くから、ちょっと待ってね」

クレールはそう言うと、カウンターの奥に引っ込んでいった。レクスがしばらく店の中の品を見ながら待っていると、クレールが一枚の紙を持って戻ってきた。

そこには、件《くだん》の鍛冶屋までの行き方が記されていた。確かに地図を見る限りでは遠い。常人のスピードなら、今日中にはたどり着けないだろう。そう、常人ならば。

「これが地図だよ」

「ありがとうございます、クレールさん」

クレールから地図を受け取り店を出ようとすると、彼女はレクスを呼び止める。

「レクスー！　素材は売らなくていいのー⁉」

「はい、鍛冶屋に行った後に余った素材を売りにまた戻ってきます！」

レクスはそれだけ言うと、今度こそ〝ファーベル〟を出ていった。

「また戻ってくるって、今日中に行って帰ってくるってこと……？」

クレールはレクスの言葉を聞いて、首を傾げながら呟いた。彼女は『鑑定』スキルを持ってはいるが、レクスのステータスを見たことはない。彼のステータスが異常であることなど、知る由《よし》もなかった。

「ふぅ……ここか」

レクスは地図と目の前の建物を見比べながら呟いた。件の鍛冶屋の建物があったのは、王都の二つ隣の町、コーヴァンチカン。普通なら一日がかりでもたどり着かない距離《きょり》だが、レクスは人のいないところを猛《もう》スピードで突っ走ってわずか一時間ほどで到着した。

「……よし」

レクスは気合《きあい》を入れると、重厚《じゅうこう》な鉄の扉を開けて中に入る。すると、そこには――

「おお……」

様々な武器が壁《かべ》に飾《かざ》られていたり、机の上や箱のような入れ物に乱雑《らんざつ》に入れられていたりした。

鍛冶屋というよりは、武器屋といった方がしっくりくる内装だった。

「あれ、誰もいない？」

カウンターらしき場所に、人は見当たらない。

もしかして、今日は休みなのか？　レクスがそんなことを考えているとき、カウンターの奥にあるこれまた重厚そうな鉄の扉がゆっくりと開き、そこからドワーフ族の女性が現れた。

その女性は、クレールよりも一回り小さく、レクスとの身長差も結構ある。ドワーフ族には珍しい青髪が特徴的だ。頭にはゴーグルをつけていた。

「…………」

（本当に何も喋らない……なんか〝あ、客いたんだ、気付かなかった〟みたいな感じに見えるんですけど）

レクスはドワーフ族の女性の表情を見て、そう思った。とはいえ、彼女の眉《まゆ》がわずかに上がっただけであり、表情はほとんど無に近い。女性はこっちを見たまま微動《びどう》だにしない。

（この雰囲気、思った以上に気まずいですね）

レクスが苦笑しながらそんなことを考えていると、何を思ったのか、ドワーフ族の女性はカウンターから出てレクスに近寄ってきた。そして、レクスをじーっと凝視《ぎょうし》する。

しばらくそうしていたか思うと、今度はレクスの頬を両手でぷにーっと伸ばして、パッと離す動作を繰り返した。

（これ、遊んでません？　ひょっとしなくても遊んでますよね？）

レクスはなんとも言えない表情でドワーフ族の女性を見やる。

「あ、あの……」

「……あ」

ドワーフ族の女性はしまったというような顔でレクスを見上げる。そして、やっとレクスから離れ、軽く咳払《せきばら》いした。

「……不覚。お前、名前は？」

クレールは話せるかどうかわからないと言っていたが、意外と普通に会話できるようだ。

「レクスです」

「……そう。ネルフィはネルフィっていう」

そう言って、ドワーフ族の女性――ネルフィは手を差し出してきた。レクスはその手を取って握手した。

ネルフィの手は小さかったが、思いのほかゴツゴツしており、普段から鍛冶をしているであろうことが窺《うかが》えた。

「……レクス。お前はなんでこの工房に来た？」

「クレールさんから紹介してもらったんです。いろいろな武器を作りたいって言ったら、知り合いに鍛冶屋がいるって」

「……そう。クレールが」

ネルフィは〝クレール、こんな可愛い子にうちを紹介してくれるなんてよくやった〟と内心で呟き、小さくガッツポーズした。

「……レクス。そういうことなら、こっち」

ネルフィは手招《てまね》きして、カウンターの奥にある重厚な鉄の扉にレクスを案内した。この中は、さっきまでネルフィがいた場所――つまり工房である。

「……来て」

ネルフィは鉄の扉を開けて中に入った。レクスもネルフィに続いて工房へ足を踏《ふ》み入れる。

「わぁ……」

レクスは初めて本物の工房を見て、感嘆《かんたん》の息を漏《も》らした。

工房は熱気がこもっていて暑い。

入って右の方には椅子と、武器を作る上で欠かせないカマドがあった。レクスにとってはどれも初めて見るものだ。

「……確か、いろいろな武器が欲しいんだよね？　種類は任せてもらっていい？」

「はい」

ネルフィの問いに、レクスは頷いた。

「……じゃあ、どんな素材があるか見たいから、出して」

レクスは再び頷くと、持参した魔法袋からありったけの素材を取り出した。

ネルフィはそれを見た瞬間、先ほどよりも眉を上げて驚いた。これほどの素材があるとは、彼女も予想外だったようだ。

レクスは取り出した素材を種類ごとに分けて並べていく。

その作業をレクスが終えると、ネルフィは床に並べられた素材を触《さわ》ったり、じーっと凝視したりし始めた。

「これは〝鬼人皇帝《オーガエンペラー》〟の……」

ネルフィは白い布手袋をした右手で赤い皮を掴《つか》み、そう呟いた。

彼女は今、スキル『鑑定』を使っている。読み取った情報によると保存状態は完璧で、傷一つついておらず、とても綺麗《きれい》だった。

こんな保存状態のいい素材を、ネルフィは見たことがない。しかも鬼人皇帝といえば、準災厄級《じゅんさいやくきゅう》に指定されている魔物だ。

ネルフィは疑問に思い、尋ねる。

「……レクス。これはどこで？」

「ああ、鬼人皇帝の素材ですか。それは、洞窟《どうくつ》の中にたまたま死体が転《ころ》がってたんで、それを取ってきたんですよ」

レクスは、少し誤魔化すようにそう言った。

本当はアラクネを討伐する過程で、鬼人皇帝の素材を手に入れたのだが、レクスはそこにあえて触《ふ》れなかった。説明するのが面倒だからだ。

「……そう」

ネルフィもなんとなく察したのか、それ以上聞くことはなかった。ネルフィは素材を選び終えると、まとめてテーブルの上に置いた。

「じゃあ、他の素材はしまっちゃいますね」

レクスはそう言いながら、魔法袋にネルフィが選んだ素材以外を収納した。

「どのくらいで出来ますか？」

「……何種類作るかによるけど、たぶん一、二ヵ月くらいはかかる」

（一、二ヵ月か……まあ、少し長いですが、一通りの武器を作るならやっぱりそれくらいかかりますよね）

レクスは顎に手を当てて、そんなことを考えた。

「ちなみにいくらです？」

「……大体千万セルク」

千万セルクと聞いて、もっと高いと思っていたレクスは少し安心する。

「……だけど、百万セルクにまけてあげてもいい」

「百万セルク!? 滅茶苦茶安くなってますけど!?」

「……でも、条件がある」

レクスは、条件という言葉に反射的に息を呑んだ。

「……週に一回でいいから、ここに来て。それが条件」

（週に一回ここに、ですか。九百万セルクも費用が浮く上に、条件はよくわからないですけど、そんなに大変なものじゃない……ここは乗っからせてもらいましょう。いくら貯金が多いといっても、節約は大事ですからね）

そこまで考えて、レクスは返事をする。

「わかりました。それでお願いします」

レクスの言葉を聞き、ネルフィは心の中でガッツポーズをするのだった。

＊＊＊

それから数日後――

レクスはネスラ家の訓練場で、恒例《こうれい》となったフィオナとの魔法の練習を行っていた。

いつもなら、学園から十分ほど歩いた場所にある訓練場で練習するのだが、今日は空《あ》いていなかったため、場所を変えることにしたのだ。

「フィオナさん、凄《すご》いですね。最近はもう詠唱《えいしょう》なしで上級魔法まで使えるようになってますし」

レクスはフィオナに言った。これは決してお世辞《せじ》などではなく、本心からの言葉だ。

レクスは無詠唱《むえいしょう》で上級魔法を使えない。スキルとして習得している魔法であれば話は別だが。

「そんなことないわ。レクスの教え方が上手いからよ」

フィオナはそう言いながら、手元に魔力を集中させて『光槍《ライトニングシュペーア》』を発動する。それをレクスが作った動く的《まと》に向かって勢いよく放つ。

パリイイイイイン！

甲高《かんだか》い音が響《ひび》いて的が割れた。

「ふぅ……」

フィオナは魔法を放ち終えて一息つき、訓練場の壁にもたれかかった。レクスもフィオナの隣に腰を下ろす。

「ねえ、レクス。剣に魔法を纏わせることってできるの？」

フィオナが尋ねると、レクスは首を傾げる。

「できますけど、急にどうしたんですか？」

「ほら、剣と魔法を合わせて使えないかなって思って。そうすれば、攻撃の幅《はば》だって広がるし」

フィオナは六学園対抗祭の予選で、惜《お》しくも敗北している。それがきっかけで、自分の今の剣術だけでは、この学園のトップ層には通用しないと考えるようになっていた。上位にいくには、やはり魔法の力が必要なのだ。

「ああ、そういうことですか」

レクスはフィオナの考えを理解したのか、頷いてそう言った。

「それなら、僕が教えてあげます。まあ、上級魔法を無詠唱で撃てちゃうフィオナさんだったら、すぐにできると思いますが」

「そうとも限らないわよ」

レクスの言葉にフィオナは苦笑した。

休憩を十分取った後、フィオナは立ち上がってつかつかと歩いていき、立てかけられている剣の一本を手に取って鞘《さや》から引き抜く。早速、剣と魔法を併用した戦闘の特訓をしたいようだ。

レクスはフィオナのそんな姿を見て、自分も持参した魔法袋からミスリルの剣を取り出して、彼女のもとへ向かう。

「レクス、それ、ミスリルの剣じゃない⁉　どこで手に入れたの？」

フィオナは目を輝かせてレクスの持っているミスリルの剣を見る。

ミスリルの剣は光に当てた時の輝きが他の剣とは違うのだが、それを少し見ただけで当てるのは、フィオナが博識《はくしき》だからだ。大抵の人では見極《みきわ》めるのは難しい。

「これは、その、知り合いの方からもらって……」

ミスリルの剣は王国でも最高クラスの冒険者〝四英雄《よんえいゆう》〟の一人、ダミアンからもらったものなので嘘ではないが、彼の名を出してしまうとややこしくなりそうなので、レクスは適当に誤魔化した。

「ふーん？　まあいいや」

フィオナはレクスの様子を見て、ミスリルの剣の元の持ち主がただの知り合いなのか怪《あや》しいと踏んでいたが、それ以上は追及しなかった。

「それで、レクス。どうやって剣に魔法を纏わせるの？」

「えーっと、そうですね。まずは実際に見てもらった方が早いかもしれません。フィオナさんは僕よりも想像力がありますから」

魔法は、引き起こす現象を明確に想像できれば、成功確率が上がる。

レクスは炎をミスリルの剣に纏わせるイメージで、魔法を発動する。

ボッ‼

「きゃっ⁉」

炎の勢いに思わず驚くフィオナ。

「とまあ、こんな感じなんですが」

「見ただけじゃよくわからないわね」

大体の様子はわかっても、肝心《かんじん》の原理が今一つ理解できない。レクスもフィオナの言葉を聞き、「やっぱりそうですよね……」と呟いた。

「じゃあ、説明しますね。剣に魔法を纏わせるには、まず、魔力そのものを剣に纏わせる必要があります」

フィオナは早速魔力を剣に纏わせる。しかし、魔力はすぐに霧散《むさん》してしまった。何度も挑戦してみるが、結果は変わらない。やはり、そう簡単にはいかないようだ。

レクスとフィオナの特訓は、その後もしばらく続いた。

＊＊＊

ここは二足歩行のトカゲのような種族、龍人《ドラゴニュート》の国レオルグの宮殿の中の会議室。

「今攻《せ》めるのはいかがなものかと」

そう口にしたのは、使者としてダークエルフ族から遣《つか》わされたオレリア・ザカライア。

ダークエルフ族はザカライアという国に住んでいるのだが、家名を持っておらず、代わりに国名を名乗っている。

同盟までは結《むす》んでいないものの、レオルグはザカライアと協力関係にある。そして、二国とも人間を毛嫌いしていた。

「どうしてだ？」

この会議の進行を任された龍人――フェイクが問う。このフェイクは先日、アラクネを作り出し、セレニア王国を攻めようとした張本人である。

彼の目の前にある机の上には地図が広げられており、駒《こま》が三つ置かれていた。

「アラクネの一件で、セレニア王国の警戒《けいかい》体制は厳重《げんじゅう》になっていると思われます。そんな時に攻めては、返り討《う》ちにされる……とまではいきませんが、苦戦を強《し》いられるでしょう」

オレリアは、三つの駒を動かしながらそう説明した。

そう、龍人とダークエルフは結託《けったく》してセレニア王国を攻め取ろうと画策《かくさく》しているのだ。

フェイクは「う～む……」と難しい顔をする。力では龍人達の方が圧倒的なので、彼はオレリアの意見に懐疑《かいぎ》的だった。

「我らが人間《ヒューマン》風情《ふぜい》にそうそう後《おく》れをとるとは思えんが……」

「もしもの場合を想定してのことです。準備は万全にしておいて損はないでしょう」

オレリアが言うと、フェイクが尋ねる。

「では、どうすればいい？」

「今は待たれた方がよろしいかと。年月が経《た》てば、ある程度警戒も解けるでしょう。そこを狙《ねら》うのです」

そこまで説明されて、フェイクは納得したような表情で頷いた。

「それに、こちらもまだ準備を整えておりませんので」

オレリアはそう付け加えた。彼女はさらに告げる。

「これは噂《うわさ》程度の情報ですが、セレニア王国に異分子《いぶんし》がいるようです」

「異分子、か……」

その言葉を聞き、フェイクの顔が険《けわ》しくなった。

フェイクは思い当たる節《ふし》があるようだ。

「時に、ダークエルフの使者よ……お主らの得意な戦術はなんだ？」

「拳術（けんじゅつ）です」

「剣術か？」

フェイクは剣を振る動作をしたが、オレリアは首を横に振って拳を前に突き出す。

「いえ、拳術です」

「……そうか」

こうして、会議は着々と進んでいった。

＊＊＊

「――オレリア。どうだったの？」

「こちらのペースで会議を進めることができました」

「そう」

ザカライア帝国の女帝――メルビアナ・ザカライアが表情を少し緩《ゆる》めて息をついた。メルビアナは、銀髪のロングに谷間が少々見えるドレスを着ており、実に扇情的《せんじょうてき》だった。

自分も男だったら惚《ほ》れていたに違いないと、オレリアは思った。

「オレリア、ご苦労様。今後もよろしく頼むわよ」

メルビアナは、妖艶《ようえん》に微笑んでそう言った。

「はっ。仰《おお》せのままに」

オレリアは女帝の執務室《しつむしつ》を出ていった。ザカライア帝国の宮殿には、謁見《えっけん》の間というものはなく、全てこの執務室で報告が行われる。

メルビアナは椅子から立ち上がり、窓辺まで行って外の景色を眺《なが》める。

「ふふふ、せいぜい上手く踊《おど》りなさい、龍人」

メルビアナは計画が着々と進んでいることに気分を良くしながら、呟いた。

＊＊＊

「よし、今日から長期休暇ですね！」

お昼も近づいてきた頃、レクスはエレナ、ミーシャと共にある場所に向かっていた。

約二ヵ月間ある長期休暇の間は、普段やりたくてもできなかったことができる。

ちなみに、レクスは期末テストでの赤点をなんとか全部回避……というわけにはいかず、二つの教科で赤点をとってしまった。もちろん、フィオナにもこっぴどく怒られた。

「もう……レクス、それ、今朝《けさ》も聞いた」

　エレナは呆れたように苦笑する。

「だって、やっと休めるんですよ？　長い時間勉強しなくていいんですよ？」

「……わかってる。レクス、今日はどこに行くの？」

「ああ、そういえばまだ話してなかったですね。今日は服屋に行こうと思ってます」

「服屋？」

　ミーシャがそう言って、どうしてそんなところに？　というふうに首を傾げる。

「いやぁ、前々から服屋に行ってみたいと思ってたんですよ。ほら、エレナ達も一、二着くらいしか服がないですし。今までは時間がなかったので」

　レクスは理由を説明した。

　そんなことを話しているうちに、レクス達は目的の服屋に着いた。

「ここですね」

　ガラス越《ご》しに服が飾られている店の入り口の上には〝クリステン〟という看板があった。

　この服屋の名前らしい。

　レクスはドアを開けて中に入る。エレナとミーシャもそれに続いた。

「わぁ……」

「いいわね！」

「凄い……！」

三人は内装を見て感嘆の息を漏らした。

「いらっしゃ……ってレクス君⁉　それに、エレナちゃん達も⁉」

カウンターには〝ミューゼ〟の女性店主、カーラがいた。ミューゼとはレクスがよく買い出しに行く屋台のようなお店だ。

カーラはミューゼにいる時のようなカジュアルなスタイルではなく、きちんとした服を着ている。それによって、カーラの妖艶さが際立《きわだ》っていた。

「カーラさん⁉　この店ってカーラさんの……？」

「うん、まあそうだね」

「カーラさん、もしかして他にも店を？」

「他にも持ってるよ～。全部で五つくらいかな」

もしやと思い、聞いてみたレクスだったが、見事的中したらしく唖然《あぜん》とする。

「ねえねえ、レクス。あの服着てみたいんだけど」

驚きで固まるレクスを意に介した様子もなく、ミーシャが袖《そで》をくいくい引っ張って言った。ミーシャが指差す先には、ゴスロリチックなドレスが。

「ああ、はい。カーラさん、試着してもいいですか？」

「いいよ。試着室はあっちね～」

カーラが示した先にはそれらしき部屋があった。

ミーシャはゴスロリチックなドレスを持って、試着室へ入っていく。エレナもそれを見て着たい服を選び、試着室に向かう。

「さてと。僕も選びますかね」

レクスはそう呟くと、男性服の売り場に足を向けた。


しばらくして――

「ねえねえ、どう？　レクス」

ミーシャはゴスロリチックな服を着て、くるくると回りながら尋ねた。

「似合ってると思いますよ」

実際、彼女の容姿《ようし》とその服は絶妙《ぜつみょう》にマッチしていた。なぜレクスが自分の服を選ばずにミーシャの服装を見ているのかといえば、単純にミーシャに呼ばれたからだ。

「そう。じゃあ、私はこれにするわ！」

ミーシャは即決した。レクスはお金を渡して、ミーシャをカウンターに行かせた。

（もう少し悩んでから決めてもいいと思いますけど、まあ、そこがミーシャらしいですね）

レクスはそんなことを思いながら苦笑した。

また少し待っていると、今度はエレナが出てきた。

「……どうかな？」

エレナは白いフリルがついた可愛らしい服を着ていた。

「似合ってますよ。エレナの雰囲気にぴったりです」

レクスの言葉を聞き、「えへへへ……」と照《て》れながら笑うエレナ。

エレナはミーシャと同じくその服を買うことを即決した。

（エレナもミーシャも、もうちょっと迷《まよ》ってもいいのに……）

レクスはカウンターで精算する二人の姿を見ながらそんなことを考えていると、ミーシャが会計を終えて戻ってくる。

「次はレクスの服ね」

「え、僕の服⁉　ミーシャが見るんですか？」

「当たり前でしょ」

エレナも歩み寄ってきて、ミーシャの言葉にコクコクと頷く。賛成ということだろう。

「はぁ……わかりましたよ」

レクスはそう言って頷くと、男性服の売り場に行き、自分が良さそうだと思った服を適当に二、三着ほど持ってくる。

「レクス、あんた……」

「それは……」

レクスが持ってきた服を見て、ミーシャとエレナは引きつった表情を浮かべる。

その服は、いずれも単色のTシャツだった。値段もこの店では安い方だ。

「……レクス、来て」

エレナはそう言って、レクスの手を引いて男性服売り場へ向かう。

手早く何着か選び取ると、それらをレクスに持たせて試着室へ行かせた。

少ししてレクスが試着室から出てくる。

「どう、ですか……？」

レクスは所在《しょざい》なさげにもじもじしながら尋ねた。柄が少し入っている半袖《はんそで》のTシャツに袖なしのカーディガンを羽織《はお》っている。

「う～ん……いまいちしっくりこないわね」

「私もそう思う」

ミーシャとエレナが感想を述べた。

「これなんかいいんじゃない？」

そう言ってミーシャが持ってきたのは、水色のスカートだ。

「ミ、ミーシャ。それ、男性用の服じゃないですよ？」

「もちろん、知ってるわよ」

ミーシャは当然、というふうに答えた。

「……いい。レクス、着てみて」

エレナは目を輝かせながらミーシャの持っている服とレクスを交互に見ていた。レクスはそんな彼女の様子に、深く溜め息をついた。

「……わかりましたよ。少しだけですからね？」

レクスはミーシャから服を受け取ると、渋々《しぶしぶ》といった様子で試着室に入って着替え始めた。しばらくして、レクスが試着室から出てきた。

「き、着替えたけど……」

レクスは恥ずかしそうに呟いた。

「ぷっ、ふふふふふ……」

ミーシャはレクスの女装を見て、こらえきれず噴き出してしまった。レクスは今すぐ大声でミーシャを怒りたい気持ちになるが、グッとこらえた。

エレナはといえば、頬を赤くしていた。レクスの女装姿があまりにも似合いすぎていて、可愛いと思ってしまったらしい。

結局、その後レクスは普通の服を買って帰った。ミーシャとエレナががっかりしていたのが、レクスには印象的だった。

＊＊＊

クリステンに行った、数日後――

レクスは町に近い塔《とう》のような建物のダンジョン――ガルロアダンジョンに来ていた。

「フシュウ！」

牛の魔物ミノタウロスが小さな翼で飛翔《ひしょう》し、レクスに襲いかかる。その手には、小さな槍が握られている。

「はぁ‼」

レクスは『超重斬撃』を発動。ミノタウロスをミスリルの剣で切り裂く。

「……⁉」

ミノタウロスは悲鳴を上げる間もなく、死に絶《た》えた。

◇『取る』項目を三つ選んでください。
【体　力】4876　【魔　力】1036
【攻撃力】6745　【防御力】2875
【素早さ】4697　【知　力】3427
【スキル】

『投擲《とうてき》LV2』『飛翔《ひしょう》LV3』


レクスは目ぼしいステータスやスキルを探《さが》す。

(『投擲』……まだ取得したことはないですね。これにしますか)

レクスは『投擲』を選択。残りは後二つだ。

(あと二つは『飛翔』と知力でいいですかね。知力は僕のステータス的にも一番低いですし)

レクスは『飛翔』と知力を選択し、現在のステータスを確認する。

○レクス
【LV】57
【体　力】104321/104321
【魔　力】96087/96087
【攻撃力】115438
【防御力】477526
【素早さ】97846
【知　力】80880
【スキル】
『日常動作』『棒術・真（2/15）』『脚力強化（中）（0/10）』
『威圧《いあつ》（中）（0/10）』

『突撃（2／10）』『水魔法（4／5）』『風魔法（5／10）』『飛翔（3／10）』
『共鳴・上（0／15）』『超重斬撃（1／10）』『植物魔法（1／5）』
『吸収・上（4／15）』『消化・上（4／15）』『攻撃力上昇（5／10）』
『絶腕（0／10）』『操糸《そうし》・真（10／15）』『投擲（2／5）』

【アビリティ】
『棒術・真』――『強硬《きょうこう》』『器用』『強打』『魔力纏』『連撃』
『水魔法』――『初級魔法』
『風魔法』――『初級魔法』『中級魔法』
『飛翔』――『安定』『速度上昇』
『共鳴・上』――『反射』『効果範囲拡大』『密集《みっしゅう》』『増幅《ぞうふく》』
『超重斬撃』――『威力上昇』『重力纏』
『植物魔法』――『成長』
『吸収・上』――『体力吸収（7％）』『魔力吸収（3％）』
『消化・上』――『麻痺《まひ》打ち消し』『毒打ち消し』『睡眠《すいみん》打ち消し』
『掘削《くっさく》・改』――『溝《みぞ》生成』『穴《あな》生成』
『操糸・真』――『硬化《こうか》』『軟化《なんか》』『刺化』『細分化』
『投擲』――『正確性向上』『威力上昇』

「スキルもだいぶ増えましたね……」

レクスは自分のスキル欄を見て、呟いた。

今日はレクス一人でこのガルロアダンジョンに来ている。エレナ達もついていきたいと言ったが、今回は一人で行きたいからと断《ことわ》った。特別何か依頼を受けているわけではないが、レクスは自分がどこまでいけるのか腕試《うでだめ》しをしに来たのだ。以前は時間がなく、下の階層まで行けなかったけれど、今は長期休暇なので時間に余裕がある。

「──まあ、いいですかね。先に進みましょう」

レクスはステータス画面に一通り目を通すと、画面を閉じてさらに足を進めた。

しばらく魔物を倒しながら進んでいると、いつの間にか大きな扉の前にたどり着いた。

「これは……階層主《ボス》部屋？」

レクスは呟いた。目の前にある扉は赤色を基調としている。レクスは以前、冒険者ギルドでボス部屋の扉の色が赤であると聞いていた。

「確かボス部屋は十階層ごとにあるんでしたっけ」

普通はボスには複数で挑《いど》むのが定石《じょうせき》だが、レクスはそんなことにはお構いなく扉を開ける。重い音がダンジョン内に響き渡った。

中に入ると、そこは広大な空間が広がっていた。周りには何もなく、どこか寂《さび》しい印象だ。

「あれ？　ボスは？」

レクスはあたりを見回すも、ボスらしき魔物はいない。レクスが首を傾げていると――

ブォン‼

大きな音が鳴り、壁の側面に突如《とつじょ》魔法陣が現れた。すると、石のブロックが横にずれてぽっかり穴が空《あ》く。

姿を見せたのは、イベイションウルフだ。Bランクに匹敵《ひってき》する力を持ち、攻撃力は高くないものの、持ち前の素早さで攻撃を回避し、相手の隙《すき》をついてくる、なかなかに厄介《やっかい》な相手だ。

……普通の冒険者であればの話だが。

「グルウウウゥゥゥ……」

イベイションウルフがレクスを威嚇《いかく》した。レクスは先手必勝とばかりにイベイションウルフに突《つ》っ込《こ》む。

「――『走る』！」

レクスは『走る』を発動。レクスのスピードが一気に加速……しすぎた。

「うわぁ⁉」

自分のスピードが速すぎて制御できず、そのまま勢いよく壁にぶつかってしまった。

「いてて……」

高い防御力のおかげか、レクスに特に怪我はなかった。

「あれ……？　そういえば、あのウルフは？」

レクスは立ってあたりを見回したが、イベイションウルフの姿が見あたらない。すると、レクスの足元に何かフワフワした感触《かんしょく》が。

「ん……？」

ふと下を見れば、イベイションウルフがペシャンコになって倒れていた。どうやらレクスを回避することができず、押し潰《つぶ》されたようだ。

「まだまだ特訓が必要ですね……」

制御できなければ使いようがないと、レクスは溜め息をついた。

レクスがイベイションウルフから適当にステータスを奪い、次の階層へ行こうと顔を上げると、視界に銀色の箱が映った。

「あれは宝箱？」

宝箱は金、銀、銅、木といったように、中身のアイテムのレアリティによって宝箱の材質が異なる。金が一番中身のレアリティが高く、木が一番低い。ちなみになぜ、このような形で宝箱が出現するのかは、解明されていない。

「『見る』」

◇銀の宝箱（ミミックの偽装《ぎそう》）
近づくと、その大きく開く口で攻撃してくる。しつこく噛《か》みついてきて、満足するまで離さない厄介な相手。


「ミミックか……」

冒険者ギルドの職員にミミックについて注意を促《うなが》されたことがあるので、レクスも知っていた。

先ほどの『見る』は、宝箱がミミックか確かめるために発動したのだ。

「『風刃《ウィンドブレイド》』！」

「ギギイイイィィィ⁉」

レクスは風の刃を生み出す魔法『風刃』で、ミミックを真《ま》っ二《ぷた》つに切り裂いた。

「ふぅ……さて、ミミックのステータスを取りますか」

レクスは宝箱じゃなかったことに少しがっかりしたが、初ミミック討伐のため、どんなスキルやステータスを持っているのか、少し期待するのだった。

それからさらに階層を進み、二十六階層。

ミミックを倒した後、十階層に謎《なぞ》の魔法陣が突如現れ、『見る』で鑑定してみたところ転移陣だった。どうやらそれで地上に戻れるらしい。

その他には、『毒付与』というスキルをフェネークという蛇《へび》の魔物から取った。諸々《もろもろ》のステータスも上がっている。

ちなみに、二十階層のボスはラージトレントというかなり大きい木の魔物が相手だったが、これもレクスが一撃で倒した。ラージトレントからは『伸縮《しんしゅく》』を取った。

「ブモオォォ……」

二十六階層を進むと、レクスの目の前に複数の魔物が現れた。豚《ぶた》みたいに醜悪《しゅうあく》な顔が特徴的な魔物——オークだ。しかし、普通のオークとは明らかに違う点がある。

レクスはスキルを発動する。

「『見る』！」

○オーク

【ＬＶ】２１　【職業】剣士《フェンサー》

【体力】１０６５４　【魔力】９４３７

【攻撃力】８９５０　【防御力】６４８０

【素早さ】　4523
【スキル】
『豪剣《ごうけん》LV4』『剣術の心得』『飛刃LV5』

「やっぱり……」

このオークは職業を持っている。他の数体にも魔法師《マジシャン》や盗賊《シーフ》などの職業があった。しかも装備《そうび》までしっかり身につけている。

本来、魔物は棒などの単純な武器を除けば、装備を身につけることはない。しかし、今回のように魔物が職業を持っている場合はその限りではない。

普通の冒険者であればこの状況は非常にまずいのだが、レクスは――

「もしかしたら、無職の僕でも職業を取れるかもしれない……！　それに、僕がまだ取ってないスキルばっかり。これはぜひ欲しいです！」

逆に歓喜《かんき》に震《ふる》えていた。

「ブモオオオオォォォ‼」

剣士のオークが、スキル『豪剣』を発動しながらレクスに斬《き》りかかってきた。レクスはオークに対して、一直線に突っ込み、『超重斬撃』を発動する。

剣士のオークは、その速さに目を見開いていた。次の瞬間には、『豪剣』を振るう間もなく真っ二つに切り裂かれた。

「ブモオオオォォォ‼」

オーク達は、一瞬何が起こったのか理解できず、困惑していたものの、仲間が殺されたのを理解すると、怒り狂ったように叫ぶ。

「ブモォ‼」

魔法師のオークが杖を振り、『光槍《ライトニングシュペーア》』を放つ。しかし、レクスはそれをミスリルの剣で真っ二つに折った。魔法師のオークは、自分の攻撃がいとも簡単にさばかれたことに驚いている。

「面倒くさいから一気にいかせてもらいます！『掘削・改』『穴生成』‼」

ドドドドドドドドド‼

突如足もとに穴が空《あ》き、オーク達は雪崩《なだ》れ込むように落ちていく。

「『水刃《ウォーターブレイド》』‼」

「「ブモオオオォォォ‼」」

オーク達がレクスの『水刃』に斬り裂かれて、息絶えた。レクスはオーク達が動かなくなったのを確認して、気を緩めた。

「さて、ステータスはっと……」

レクスは目の前に表示された画面を見るのだった。

ある程度のところまで行き、レクスはガルロアダンジョンを出た。今はネスラ家に帰る道中だ。

レクスは上機嫌《じょうきげん》に「ふんふふ〜ん♪」と鼻歌を歌っていた。というのも、あの後オーク達から職業を『取る』ことができたからだ。

オークから複数の職業を奪ったレクスのステータス画面の職業欄は、タッチすれば職業一覧が出てくるようになった。

そこから必要に応じて、職業を選べるらしい。

取った職業は『魔法師』『剣士』『盗賊』『帝王《キング》』だ。どうやらあの中にオークの群《む》れを率《ひき》いていたトップがいたらしい。

さらに、選択した職業と相性《あいしょう》がいいスキルは、該当の職業選択中に限り、強化されることがわかった。

他にも『剣術の心得』や『豪剣』『闇魔法』『光魔法』などを取り、様々な攻撃ができるようになった。ステータスもわずかではあるが上がっている。

「早く屋敷に帰って、このことをエレナ達にも伝えないと」

どんな反応をするのだろうと楽しみにしながら、レクスは屋敷への帰路《きろ》を急ぐのだった。

「ええ⁉　職業を四つも手に入れたの⁉」

帰宅したレクスの話を聞き、ミーシャが大声で叫んだ。

思っていた反応と違ったレクスは、ミーシャの顔が険しくなっていることに気付く。

「え、えっと……ひょっとしてまずかったですか？」

「ひょっとしてじゃないわ。だいぶまずいわよ」

ミーシャは「はぁ……」と溜め息をつきながら答えた。

エレナは何がなんだかわからないようで、首を傾げていた。

「レクス、〝一神教《いっしんきょう》〟って知ってる？」

「いっしんきょう？　なんですか、それ？」

「いい、レクス？　一神教っていうのはね、フゥーラを唯一神とする宗教のこと。神様は一人に一つしか職業を与えないっていうのが教義らしいの。無職も職業を複数持っている人も、不純と見なされるんだって」

「じゃあ、複数職業を持ってることを誰にも言っちゃダメってことですか？」

「そういうこと。ここだからいいけど、外で言い触らして一神教の信者の耳にでも入ったら、一神教を敵に回すことになるわ」

いつになく真剣な顔のミーシャ。

レクスは真面目な表情でミーシャの話に頷いた。

レクスは知らないが、彼の両親は熱心な一神教信者だったため、レクスが無職であることが判明した途端、家を追い出したのだった。

「わかりました。肝《きも》に銘《めい》じておきます」

こうしてさらにまた一つ、厄介事を増やすレクスであった。

＊＊＊

「フィオナさん。はい、これ」

レクスはラッピングしたプレゼントをフィオナに渡した。

今日はフィオナと二人で遊ぶ約束をしていた日で、町の中央広場で待ち合わせをしていた。レクスが中央広場の噴水《ふんすい》に着いた時には、既にフィオナは待っていた。

「これは……？」

「この前、期末テストの勉強に付き合ってくれたお礼です」

開けてくださいと、フィオナに促すレクス。

フィオナは丁寧にラッピングを取って、箱を開ける。

その中身は――

「アクセサリー？」

箱の中に入っていたのは、月を象《かたど》った綺麗な石に金属製のチェーンを通したネックレスだった。

「はい。なんか他に良いものが思い浮かばなくて……あ、後、そのネックレスにはわずかですけど魔力を増幅させる力があるんです」

レクスが言うと、フィオナは驚いたように声を上げる。

「じゃあ、アクセサリーじゃなくて、立派な魔法具《まほうぐ》じゃない！　その……これって、結構値が張ったんじゃ……」

「いや、全然。だって作りましたから」

買うよりも自分で作った方が質がいいからというのが、主な理由だ。コストはほぼかかっていないと言っていい。

「作った？　レクスが？」

「はい」

フィオナは一瞬目を丸くするが、「まあ、レクスだし、できないこともないか」とすぐに納得した。それに、嬉《うれ》しいものは嬉しい。

「あ、ありがとう……」

フィオナは微笑みながらお礼を言った。

その顔は、わずかに朱に染まっていた。

「いえ、こちらこそ、ありがとうございました。期末テストの結果は散々でしたけど……」

「まあ、それは自業自得《じごうじとく》ね」

フィオナは呆れたように笑う。

レクスも苦笑した。

「じゃあ、行きましょうか」

「はい。ところで、どこに行くか決めてるんですか？　何も聞いてないですけど」

「決めてないわよ、そんなもん。行き当たりばったりでいいじゃない」

「ええ……」

レクスは大ざっぱなフィオナの言葉に少し戸惑った。

フィオナらしいといえば、フィオナらしい。

「それにしても、便利なものね。『気配遮断《けはいしゃだん》』『音遮断《おとしゃだん》』って。堂々と人通りの多い道を歩いてるのに、誰も気付かないわ」

フィオナは感心したように言った。

そう、レクスは今、オークから奪った新しいスキルを使用し、自分達の気配と音が周囲にばれないようにしていた。

仮にもフィオナは王女なので、休日に男と二人で出かけているところを見られるのはよくないという判断だ。

フィオナの魔法でも相手に幻覚を見せることはできるのだが、何分範囲が限られているので、今回はレクスのスキルを使うことにした。

「さ、行きましょう、レクス」

フィオナはそう言うと、レクスの手を引いて、手頃なお店を探し始めた。


「レクス、レクス！　あれ、食べてみたい！」

フィオナがそう言って指差したのは、屋台でおじさんが焼いている串に刺した肉だ。香ばしい匂《にお》いが漂《ただよ》ってくる。確かに美味《うま》そうだ。

普段滅多《めった》にこういった物を食べる機会がないフィオナは、とても興奮《こうふん》していた。

「じゃあ、僕が買って来ますから、フィオナさんはちょっと待っててください」

「あ、じゃあ、私がお金を……」

「いいですよ。僕が払いますから」

レクス達はいったん道の端《はし》の方に寄ると、レクスだけ『気配遮断』と『音遮断』を解除《かいじょ》し、屋台へ向かった。

「おーう、いらっしゃい」

「串焼きを六本ください」

「あいよ」

おじさんは頷くと、肉を刺した串をさらに追加で焼いた。

焼き終わり、タレをかければ完成だ。

「ほらよ。六本で二千セルクだ」

レクスは代金を支払った。

「毎度あり」

串六本を受け取ると、再びフィオナのもとへ戻るレクス。スキルを使用している本人なので、気配を遮断しているフィオナの姿は見えている。

レクスは自分にも『気配遮断』と『音遮断』を発動した。

「フィオナさん、買ってきましたよ」

「お、美味しそう……‼」

フィオナは目を輝かせる。

「あ、でも、やっぱりお金……」

お金を払っていないことをどこか後ろめたそうに感じているフィオナに、レクスは笑って応える。

「じゃあ、割り勘《かん》にしましょう。この串焼きは六本で千六百セルクだったから、八百セルクずつってことで」

本当は二千セルクだが、レクスは千六百セルクということにしておいた。

「じゃあ、はい、これ。八百セルクね」

フィオナはレクスにお金を渡し、早速串焼きを一本手に取った。

「んぅ〜、美味しい‼」

フィオナは串焼きを食べると、それはもう幸せそうに言った。その串焼きをすぐに食べ終えて二本目へ。すごい食いっぷりだ。

「フィオナさん、僕はもういいので、残りは食べていいですよ」

レクスは二本目の串焼きを取ると、そう言った。

「本当⁉」

フィオナは嬉しそうな顔になり、残りの串焼きを凄い勢いで平《たい》らげた。

レクスとフィオナはその後もデート？　を楽しむのだった。

＊＊＊

「こんにちは〜」

長期休暇も後残りわずかという頃――

レクスはネルフィの鍛冶屋を訪れていた。

初めて来た時以降、一週間に一回は、必ずここへ足を運んでいる。

「……レクス。いらっしゃい」

レクスの声を聞くと、工房からネルフィがすぐに出てきた。

「……いつ引っ張っても柔《やわ》らかい」

レクスの頬をムニムニしながらそう言うネルフィ。出会った時からレクスの頬の柔らかさの虜《とりこ》になったらしく、毎回こうしてくるのだ。

「ネルフィさん。ところで、武器は完成しました？」

ネルフィが満足して頬から手を離すと、レクスは開口一番《かいこういちばん》に尋ねた。武器ができあがるのが楽しみで仕方なかったからだ。

「……うん、こっち来て」

ネルフィはレクスを手招きするので、レクスは彼女のあとをついていく。

工房に入ると、完成した武器が机の上に並べられていた。

一応、今持っているような剣も作ってもらいつつ、その他に槍、大剣、細剣、ダガー、銃《じゅう》、バトルハンマーなど、確かに一通りの武器が揃《そろ》っている。

「お～……！」

レクスは試しにいろいろな武器を手に取って、それぞれの感触を確かめている。

どの武器も総じて軽い。

「……どう？」

「凄くいいです！　ほどよい重さで扱いやすそうだし、質もいいです」

明らかに他の店に置いてあるものとは違って、断然《だんぜん》クオリティが高い。材料がいいのもあるが、ネルフィの技術があってこその品質だ。

「……そっか」

よかった、と安堵《あんど》するネルフィ。技術に自信があるとはいえ、満足してもらえるかどうかは不安だったようだ。

「あ、これ、一千万セルクです」

レクスは約束通り、お金を渡す。

「……え？　確か百万セルクだったはずじゃ……」

「こんなにいい武器を作ってもらったのに、百万セルクじゃこっちの気が済まないですよ」

レクスが苦笑してそう言うと、ネルフィは照れたようにお金を受け取った。

「……そう……そういうことなら」

「はい。それにしても、鍛冶ですかぁ。この武器を見てたら、なんか僕もやりたくなりました」

レクスはなんでもいいのでオリジナルの武器を何か一つ、作ってみたいと思った。

「……だったら、ネルフィが教えてあげようか？」

「本当ですか⁉」

ネルフィの提案に目を輝かせるレクス。

「……う、うん」

（可愛い……）

レクスが身を乗り出したことで、距離が近くなり、間近《まぢか》で彼の顔を見てネルフィはそんなことを思った。

彼女は気を取り直して、咳払いする。

「……こ、こほん。じゃあ、早速だけど基本的なところから。まずは材料となる鉱石を溶《よう》解《かい》させるところだけど……うーん……じゃあ、これを使おう」

そう言ってネルフィが手に取ったのは、〝クロム鉱石〟。

鉄よりも硬い鉱石だ。

「……これをカマドに入れて……」

ネルフィは細長い台にクロム鉱石を載せて、それをカマドの中に入れる。

みるみるうちに金属は溶《と》けていき、加工しやすい形になった。

「……そしたら、冷めないうちに形を整える」

ネルフィは金属の塊《かたまり》をハンマーで叩いて手早く成形していく。それはやがて剣の形を成していった。剣が一番シンプルで作りやすいようだ。

「……まあ、こんな感じ……」

そして出来上がったのは、立派な一本の剣だった。

なんの装飾《そうしょく》もないシンプルなものだが、とても綺麗に仕上がっている。

「わぁ！」

レクスは終始《しゅうし》目を輝かせていた。

「……ネルフィはスキルを使ってるから、比較的簡単にできるけど、レクスは鍛冶のスキルを持ってないでしょ？　だから、覚えるのは少し大変……」

「ちなみに、どんなスキルを使ってるんですか？」

「……『形成《けいせい》』と『完成度向上《かんせいどこうじょう》』」

「へぇ……」

レクスはネルフィの持っている剣を見て、呟いた。

「……レクスも一回やってみる？」

「はい！」

「……じゃあ、これ使って」

そう言ってネルフィがレクスに渡したのは、商品には使わない鉄鉱石の数々だ。

レクスはそれを受け取ると、早速カマドに入れて溶かし、先ほどネルフィがやって見せた手順に従って鍛冶をする。

結果は――

「うぅ、ダメでした」

素早く形を整えられずに失敗。

剣がグニョングニョンと波を打ってしまった。

「……最初から成功させるのは無理……練習あるのみ……」

ネルフィはそう言ってレクスを励ます。

「そうですよね！」

レクスはネルフィの言葉を聞いて、再度気合を入れ直し、頷いた。

その後もレクスの鍛冶の特訓は続いた。

＊＊＊

それからまた数日後――

いつも通り、エレナ達に見送られ、レクスはネスラ家を出る。

今日はリシャルトの家に行く日だ。幽霊調査があるとはいえ遊びに行くわけだし、きっちりとした服装ではなくカジュアルな服にした。

そうするようにフィアが言ったのだ。

レクスはリシャルトの家まで徒歩《とほ》で向かっていた。

聞くところによると、リシャルトは隣国《りんごく》の貴族の子らしい。隣の国とはいえ、普通は馬車で向かうのだが、レクスにとってこの程度の距離はなんてことはない。

「幽霊……万が一いるとしたら何が有効なんでしょうね……」

レクスは考えてみる。

ゴースト系の魔物であれば、聖水か銀製の武器がよく効くという話は聞いたことがある。

幽霊と同じようなイメージがあるが、ゴーストは立派な魔物である。

幽霊ならお祓《はら》いでもしてもらえばきっと大丈夫だろうと、レクスは思っていた。

他にもいろいろと考えてはみたものの、特にこれといった妙案《みょうあん》は思い浮かばないので、行けばわかるだろうと割り切って、リシャルトの家に向かう。

その道中――

「……ん？」

ちょうどリシャルトの実家がある国の町に入ったところで、レクスの目についたのは、〝お任せ！　なんでも小道具屋さん〟という看板だ。簡易的《かんいてき》な建物……というよりはテントのような感じである。

胡散臭《うさんくさ》さがぷんぷんと漂ってきている。

だが……

「ちょっと見ていきますか」

役に立つものがあれば買っておきたい。買えるだけのお金はあるし、役に立つものがなければ何も買わずに店を出れば良いのだ。

レクスはそう考えて少し身を屈《かが》めて入り口をくぐり、店へ入る。中には想像以上の数の商品が揃っていた。

見たことがない商品まであった。

ぐるぐるととぐろを巻いた用途《ようと》不明の剣、折れ曲《ま》がりまくった盾《たて》、穴空《あ》きグローブ、とげとげしたネックレス……

「そういえば、店員が見当たりませんね……」

カウンターらしきものはあるが、そこに店員はいない。店を開けているのに留守ということはないと思うので、奥に引っ込んでいるのだろう。

レクスが引き続き店内を物色《ぶっしょく》していると、一つの商品名が目に入った。

「〝幽霊消えーる〟？」

今まさにリシャルトが欲しているであろうネーミングのものを発見した。

それは瓶詰《びんづ》めの透明《とうめい》な液体だ。一本三千セルク。

薬剤系の商品にしては、値段が安い気がする。

本当に効き目があるのか少し怪しいが、安いし、二、三本くらい買っておいてもいいかもしれないと思ってレクスは手に取った。

「後は一応、ゴースト系の魔物の方も何か対策しときたいですね……」

他に何かないかと探すレクス。

すると、それはすぐに見つかった。

「〝ジェットバウンディングゴースト〟？」

またもや奇妙《きみょう》な名前の薬品に出会ってしまった。

これの他にゴースト系の魔物への対策となりそうな商品はない。

一本二千セルクとこちらもお安めで良心的な価格設定である。

またまた怪しめではあるが安いし、偽物《にせもの》であっても特段困ることはないだろう。ちょっと損した気分になるだけだ。

「これも二、三本買っておきましょうか」

レクスは両手一杯に瓶を持ってカウンターに向かう。

よく見るとカウンターには、遠目《とおめ》には見えなかった呼び鈴《りん》が置いてあった。レクスは呼び鈴を押して、店員が来るのを待つ。

しばらくして、奥から背の低い女性が出てきた。

何やら奇妙な仮面を被《かぶ》っている。

「ふっふっふっ。よく来……わ……とい……それで……」

「すみません、こもってて全然聞こえないです」

「…………」

沈黙《ちんもく》が広がる。

すると、突如女性は仮面を脱《ぬ》いで……バキッ！　とそれを力強く折った。

「なんで聞こえないんじゃ、われっ！」

「えっ⁉」

理不尽《りふじん》に怒られたレクスは、思わず驚きの声を上げた。

「おかげで要《い》らぬ恥《はじ》をかいてしまった……せっかく仮面で颯爽《さっそう》と現れて、すわっ、何者だっ！　的な感じになると思ったのに！　そしたらかっこよく名乗れたのにっ……！」

ハンカチを悔《くや》しそうに噛んでぶつぶつとさらに何か言っていた。

「あ、あのー、これ買いたいんですけど……」

「ん？　ああ！　それね！　それは最近私が開発した新商品でね……」

店員の女性はぺらぺらと話し始める。

どうやらこの女性は錬金術師《れんきんじゅつし》らしい。

そんなことよりもレクスは早くここから出たかった。

失礼だが、今のうちにお暇《いとま》させてもらおうとレクスはそろそろカウンターから離れる。

幸い女性は話に夢中でレクスのことなど視界に入っていない。

レクスは気配を消して魔法袋から取り出した商品の代金を置くと、店を出た。

「ふー、なんとか逃れることができました」

そんなことを呟きつつ少しスピードを上げて急いでいると、十数分でリシャルトの家の門が見えてきた。

ちなみに少しスピードを上げるというのはレクスから見た少しであり、周りの歩いている人々からしたら尋常《じんじょう》じゃないくらい速かった。

普段は力をあまり見せないよう意識しているのだが、やはり焦ると抑《おさ》えられなくなるようだ。

「おーい、レクス！　こっち、こっち！」

キャロルの声がはっきりと聞こえてきた。

門の前にはフィオナ、キャロル、ルリ、リシャルトの四人が揃っていた。どうやらレクスが最後のようだ。

リシャルトもわざわざ外に出て待ってくれていたらしい。

「すみません、遅くなりました」

「大丈夫よ。私達もちょうど今来たところだし」

「……大丈夫」

「男なら、先に来といた方がモテるぞ〜」

フィオナ、ルリのあとに、リシャルトがからかうような笑みを浮かべて言った。

先に来ておいた方が迷惑をかけないで済むので、できればそうしたいが、モテたい欲求はそこまで強くないレクスは苦笑いする。

ただ、次はもう少し早めに来ようと思った。今回時間ギリギリになったのはあの錬金術師の女性のせいでもあるわけだが。

フィオナが呆れた顔で言う。

「別に先に来なくてもモテる人はモテるわよ。それよりも最初に、リシャルトの両親に挨拶よ。その後に、リシャルトが言ってた幽霊が出る蔵に行ってみましょう」

「そうですね」

他人の家に来た以上、挨拶は必須《ひっす》である。

レクス達はリシャルトの案内のもと家に入り、彼の両親のもとへ向かった。


「あら〜、いらっしゃい」

「うむ、よく来てくれた」

レクス達はリビングでリシャルトの両親とソファーに向かい合わせで座り、軽く茶菓子をつまみながら挨拶を交わした。

リビングには品のいい家具が揃えられており、貴族らしさが出ていた。

「リシャルトにこんなにたくさん友達ができるなんて、お母さん嬉しいわ～」

「俺の目に間違いがなければ、王女殿下《でんか》がいるような……いや、何も聞くまい。まあ、楽しくやってるようで何よりだ」

リシャルトの母は嬉しそうに、父は苦笑しながらそう言った。

リシャルトの両親はとても優しそうだ。

怖い人じゃなくて良かったと、レクスは一安心した。

「うん」

リシャルトは嬉しそうに頷いた。

仲は良好のようだ。

「どうですか、リシャルトが何か迷惑をかけてはいませんか?」

リシャルトの母がレクス達に聞くと、フィオナが答える。

「いえいえ、そんなことは。非常にユーモアがあって、いつも話していてとても楽しいですよ」

それからフィオナは上品に紅茶を飲む。その所作《しょさ》は美しい。

王族として厳《きび》しい教育を受けているということもあり、淀《よど》みない。

レクスの前にもティーカップが置かれてはいるが、紅茶の飲み方はチラッと教えてもらった程度であり、うろ覚えだ。

そういうこともあって、レクスは紅茶に手をつけていない。

しかし、出された以上、飲まないわけにもいかない。板挟みである。

レクスがどうしようと思っていると――

「レクス、作法とかあまり気にしなくて大丈夫だから」

リシャルトが声をかけた。

レクスにとってはありがたい言葉だ。

最低限の作法にだけ気をつけつつ、紅茶を飲む。

鼻からふんわりとした花の香りが抜けていく。非常に美味しい。

レクスは自然と笑顔になった。

「……おっと、もっと話したかったが、どうやら時間のようだ。すまんな、私はこれで失礼する」

リシャルトの父の後ろにはいつの間にかメイドが控《ひか》えており、彼女が何か耳打ちしていた。恐らく仕事についてだろう。

「私もこれで失礼させてもらいます。今日はぜひとも我が家に泊まっていってください。できる限りのおもてなしをさせていただきますわ」

扇子《せんす》で口元を隠《かく》しながら微笑むリシャルトの母。

リシャルトの両親は忙しいようだ。

「いえいえ、お構いなく。ありがとうございます」

フィオナがティーカップを受け皿に置いて、言った。リシャルトの両親は席を立ち、リビングを出ていった。

「これ食べ終わったら早速突入するか？　蔵」

「……突入ー」

キャロルが皆に聞くと、なぜかやる気満々のルリが拳を突き上げた。他の面々も異存はないのか、頷く。

しかし――

「………………」

リシャルトだけがぶるぶると震え、黙《だま》り込んでいた。

蔵の話が出た途端震え出したのだ。それほど幽霊が怖いということだろう。

フィオナ達がなんらかの準備をしているだろうし、自分もいくらか対策を用意しているので大丈夫だろうと、レクスは踏んでいた。

「リシャルト、男ならもっとシャキッとしろよ、シャキッと！」

キャロルがリシャルトの背中をバンバンと叩く。リシャルトが思い切り咳《せ》き込んでいるのがレクスにとって印象的だった。

「……で、これが噂の蔵ってやつか?」

目的の場所まで移動すると、キャロルが件の蔵を見ながら呟いた。

その蔵は一見すると特段これといったことはない普通の蔵だ。白を基調としており、所々に模様《もよう》が描《えが》かれている。

「夜にならないと出ないのかも……音が聞こえてくるのも夜だし」

リシャルトが依然として顔を青くしたまま言った。

確かに今は幽霊の声は聞こえていない。

夜になるまで待つというのは一つの手だろう。

「夜まで待ってみた方が面白そうね。色んな意味で」

フィオナがからかうような笑みを浮かべた。

ろくでもないことを企《たくら》んでいるように見えるが、レクスは何も言うまいと思った。レクスもなんだかんだで面白がっているのだ。

他の面々もその提案にはおおむね賛成のようで、コクコクと頷いている。

「……一旦屋敷に戻ろ」

ルリの言葉にレクス達は頷き、屋敷に戻ろうとすると、リシャルトが呼び止める。

「ちょ、ちょっと待って! 今のうちに入った方がいいよ! 幽霊が活動してない今がチャンスだよ！」

しかし皆相手にせずに、スタスタと歩いていく。

「レクスー！　お願い～！　フィオナ達を説得して！」

「……い、いや、でも、夜に改めて蔵に来た方がいろいろとわかることもあるかもしれないですし……」

そう言いつつも、レクスの良心は多少痛んでいた。

リシャルトがこんなに困っているのに、それをスルーしてしまっていいものか……と。

しかし、レクスの中の好奇心も同時に訴《うった》えかけてきていた。物怖《ものお》じしないリシャルトが幽霊を怖がる姿を見てみたい……と。

レクスが葛藤《かっとう》していると、フィオナが振り返って口を挟む。

「レクスの言う通りよ。原因がわかんないと、もとを駆除《くじょ》できないし、同じことの繰り返しになっちゃうから」

「うっ……」

キャロルとルリも追撃する。

「やるならちまちまやるより、一気にやった方がいいだろ～？　リシャルト」

「……その通り」

「うぐっ……」

しばらく唸っていたリシャルトだったが、やがて諦《あきら》めたのか、はあと溜め息をついた。

「……わかったよ。夜でいいよっ！」

その返答は半ば切れ気味であった。


そして、その日の夜――

夕食はリシャルトの両親も揃って皆で食卓を囲んだ。夕食は前菜から主食に至るまで様々なレパートリーのものが出た。

リシャルトの両親は学園でのリシャルトの様子だったり、学園ではどんなことを勉強しているのかだったりをレクス達に聞いて、話はなかなか盛《も》り上がった。

リシャルトは夕食の間は完全に幽霊のことを忘れていたのか、終始笑っていた。

「これは確かに……はっきりと聞こえてきますね」

夕食後、レクス達はこっそりと外に出ていた。

今はちょうど、屋敷から蔵に向かっている最中である。

蔵の方からは禍々《まがまが》しい気配と怨嗟《えんさ》の声が聞こえてくる。

夜な夜なこんな声が聞こえるのであれば、リシャルトが怖がるのも仕方ないだろう。

「今日はいつも以上にでかい……」

リシャルトは、頭を抱えて震えている。

日中は強気だったフィオナもさすがに体をこわばらせて言う。

「いざとなったらレクス、頼むわよ」

「え、ええ……」

レクスは万が一の事態に陥《おちい》ったら惜しげなく力を使うつもりである。

また、購入しておいたアイテムも、いざとなったらすぐ出せるよう、魔法袋に入れてあった。

しかし、効果は未知数なので、やや心許《こころもと》ないが……

「……よし、じゃあ行くかっ！」

キャロルの合図をきっかけに、レクス達は一斉に蔵の中に突入した。

声は大きくなる一方だが、中を見渡してみても幽霊はおろか、ゴースト系の魔物すら見当たらない。

「あ、あれは！」

フィオナは床下に扉みたいなものを見つけ、指差した。その扉の上には木箱が置いてあり、どかさないと開けられなさそうである。

「リシャルトさん、一緒に持ち上げますよ」

「う、うん……わかった」

レクスに声をかけられたリシャルトは、いまだに生まれたての小鹿のように足を震わせながら木箱に近づく。

「せーのっ！」

木箱は意外に重かったが、レクスとリシャルトでなんとか持ち上げた。

「……よし」

ルリが木箱の下にある扉を開いた。力を入れずともすっと開いたので、さほど錆《さ》びついてはいないようだった。

「……入るか」

梯子《はしご》がかけられているので、下に空間があるようだ。

きっとこの先に何かいるに違いないと、レクスは思った。

現に怨嗟の雄叫《おたけ》びは大きくなってきている。

「……誰から下りる？」

フィオナが尋ねた。

含み笑いをしていたため、明らかに先にリシャルトを行かせようとしているのがレクスにもわかる。

しかし、さすがにそれはかわいそうだと思ったレクスが手を上げた。

「僕が先に下りますよ。何かあったら大変ですからね」

危険がないと確定したわけではない。

レクスが先に行けば、何かあった時に対応しやすい。

レクスが先導して梯子を下りていき、フィオナ達も後に続く。梯子は意外と長く、数分かけてなんとか全員が下りきった。

「……洞窟のようですね」

下りた先の空間は地下道のようになっており、先に続いていた。天井はかなり低い。

「さすがに天井が低すぎない？」

這《は》って進まなければならないレベルである。

この状態で魔物に攻撃でもされたらひとたまりもないだろう。

レクス達がそんなことを考えていると……

「ようっ！　よく来たな！　久方ぶりの来客だぜっ！」

「……ん？」

聞き覚えのない声に驚き、全員がそちらを向くと――そこには幽霊がいた。

その幽霊に手足はなく、白い魂《かたまり》のような見た目だった。

頭には何やらハチマキらしきものを巻いている。

「で、出たぁーー!?」

リシャルトが叫び声を上げる。

その大声に思わずレクス達がビクッとした。

「おいおい、そんなに怖がられちゃあ、おいら悲しいぜ。あっ、そうだ。おいらのことはユーさんとでも呼んでくれっ！」

いまだに洞窟の中は怨嗟の声に満ちているのに、幽霊は気さくに話しかけてくる。

「一応言っておくけど、おいらは幽霊じゃなくてリトルファントム、立派な魔物だぜ！名前こそユーさんだけどな！」

なっはっはっはっ！　と笑いながら愉快《ゆかい》そうに言うユーさん。

ほぼ幽霊と同じような姿をしているのに魔物らしい。それよりも、魔物が人語を話すというのが、レクスにとっては驚きだった。

ただ思い返してみれば、レクスの従魔《じゅうま》のレインも念話ではあるが、レクスと話すことができているし、案外人語を理解する魔物はいるのかもしれないと勝手に納得する。

「お前ら、この先に進みたいか⁉」

ユーさんがレクス達に尋ねた。

進みたいに決まっている。レクス達は声の根源《こんげん》をどうにかするためにこうしてここまでやって来たのだ。

皆、満場一致《まんじょういっち》で頷いた。

「なら、おいらと勝負して勝ったら進んでよしっ！　負けたら……」

「負けたら……？」

レクスが恐る恐る尋ねた。

「負けたら……どうしよう?」

「考えてなかったんかよっ!」

キャロルの鋭《するど》い突っ込みが入った。

「まあ、負けたら、一週間足の小指をぶつけやすくなる呪いでもかけるとするか」

「……地味」

ルリが呟いた。確かに地味である。

ただ、呪いは呪いなので、ある程度脅威《きょうい》になるに違いないとレクスは思う。

たぶん……であるが。

「で、勝負の内容は?」

フィオナが尋ねた。

確かに何で勝負するのかはレクスも気になるところだ。

ユーさんはにやりと笑って告げる。

「勝負の内容はレースだっ!」

「レース?」

レクスが聞き返すと、ユーさんは頷く。

「そう、レース! ここから百メートル先にボタンがあるんだ。そのボタンを先に押した方が勝ち。どう？　簡単でしょ？」

そう言って笑うユーさん。

彼が体を動かして示した先は、這っていかないと進めない洞窟のような道である。ふわふわと浮いているユーさんはともかく、レクス達が圧倒的に不利な気がする。

それを察したのか、ユーさんが言う。

「確かにおいらは障害物をすり抜けられるし、この戦いでは有利かもしれない。では、ハンデをあげようっ！　おいらはお前らの邪魔《じゃま》をしない。それから、お前らより遅《おく》れてスタートするとしよう。逆にお前らはおいらの邪魔をしてもいいぞっ！」

できるものならばな、と言外《げんがい》に言われているような気がしないでもない。

だが、レクス達はとにかく早くボタンに触れればいいのだ。

「さあ、誰がおいらと対戦する？」

全員で対戦するのかと思ったが、よく考えると、一人しか入れる隙間がない。レクスがやれば勝利は確実なのだが、ここでキャロルが手を挙《あ》げた。

「はいはーい！　私が行くっ！」

危険はあるかもしれないけれど、楽しそうだからという理由で名乗りをあげたようだ。

レクスもそんなキャロルのやる気に水を差したくなかったので、素直に譲《ゆず》ることにする。

いざとなればその時に対処すればいい。

「そいじゃ、早速やりますかっ！」

キャロルとユーさん、それぞれがスタート位置に着く。

「じゃ、お前、スタートの合図頼むなっ！」

ユーさんはルリを指名した。

「……じゃあ、位置について……よーい、どん」

ルリが自身の杖《つえ》を壁に当ててかつんと鳴らし、それがスタートの合図となった。キャロルは身体強化魔法を使い、地面を這う。

怪我をしないように整備《せいび》されているのか、地面はわりと平坦《へいたん》である。

「うおおおおぉぉぉぉぉっ！」

気合を入れ、キャロルは進んでいく。

ユーさんはまだスタートしていない。

しかし、その時——

「わっ⁉」

突如地面の一部が浮き出て、キャロルの前を塞《ふさ》いだ。

「お、おい、邪魔しないんじゃなかったのかよ！」

キャロルが怒ったように言った。

これは明確なルール違反《いはん》である。ユーさんの反則負けだ。

だが、ユーさんはにやりと笑って言う。

「なんで？　おいらは邪魔しないって言っただけだよ？」

「ま、まさか……」

「そう、おいらの仲間は対象外だ」

ユーさんと同じような外見《がいけん》の仲間が陰《かげ》から顔を覗かせ、笑っていた。

「くっ……卑怯《ひきょう》だぞっ！」

「よく聞いてないのが悪い」

「ぐぐぐっ……」

キャロルは歯を食い縛《しば》りながら、塞がれた道を迂回《うかい》する。

しかし、突き出してくる地面のせいで、道をその都度《つど》変更して進まなければいけない。

大幅《おおはば》なタイムロスである。

「よしっ、そろそろおいらもスタートするぞっ！」

キャロルが必死に地面を這ってゴールまで半分を切った頃、ユーさんがスタートした。

かなり距離が開いているものの、ペースを考えると、このままではキャロルが負けてしまうことは明らかである。

「……レクス」

ルリがこそっとレクスに耳打ちしてきた。レクスはその内容を聞いて頷くと、ルリと一緒に呪文を唱え始める。

「虚構《きょこう》の土よ、集まりて彼《か》の者の邪魔をせよっ……『空想の盛り土《イマジナリーエンバンクメント》』！」

「我が魔力よ……集《つど》いて彼の者の速度を落としたまえ……『時間遅滞者《タイムスラー》』」

レクス、ルリはそれぞれ魔法を発動した。ユーさんの仲間をはじめ、ユーさん自身の動きが遅くなった。

「えっ⁉」

ユーさんは驚いているようだ。

「お、おい、レクス、障害物を増やしてどうする……」

「そのまま突っ込んで、キャロルさんっ！」

「ああ、もう、怪我したらしっかり治してくれよっ！」

キャロルはやけくそ気味に叫びながら盛り上がった地面に突っ込む。

すると——

「……っ、あれ？　衝撃《しょうげき》がない？」

後ろを見てみると、キャロルは自分が土の障害物をすり抜けていることに気付いた。

逆にユーさんはすり抜けられず、つかえている。実体のないゴースト系の魔物が通り抜けられないような効果を持った魔法なのだ。

「……何がなんだかわかんねえけど、サンキューっ！」

「ああっ、卑怯だぞっ！」

焦ったように言うユーさんに、フィオナが言葉を返す。

「それはこっちの台詞《せりふ》よ。インチキみたいな手段で邪魔なんてして……」

「……お前らはおいらの邪魔をしていい……そう言ったのは、お前……」

「……はっ⁉」

ルリにそう言われ、ハッとするユーさん。

〝お前ら〟と言ったのだから、キャロル以外が邪魔をしていいのだ。

そして――

「よっしゃっ！」

「くそーー！　負けた！」

キャロルが完勝し、ユーさんは敗北した。

キャロルが様々な障害を乗り越《こ》え、先にボタンを押したのだ。ユーさんはレクス達に邪魔されてあまり先に進めなかった。

「くっ……！　仕方ない。負けは負けだっ！　先に進めー！」

ユーさんがそう告げた時には、レクス達は既に這って道を進み、ボタンが設置されている奥の開けた場所まであと少しというところまで来ていた。

ほどなくしてキャロルと合流し、レクスがあたりを見回すと、ぽっかりと空《あ》いた空間の壁の一部が、ズズズ……と重い音を立てて扉のごとく開いた。

「じゃあ、先に進みましょう」

レクスの言葉にフィオナ達は頷き、項垂《うなだ》れているユーさんを置いて先に進むのだった。

「おー、ユーさんのところを突破してきたか！　なかなか見所のある人間ではないかっ！」

しばらく進んだ先にいたのは人形の幽霊……いや、これもゴースト系の魔物だろうとレクスは思った。

目や口、耳といったものはついていない。

のっぺらぼうのような感じである。

「あ、ちなみに言っておくと、あたいはただの幽霊だっ！　そして、名前はヴィリー！　よろしくぅ！」

（幽霊とゴースト系の魔物の区別ができない……というか、境界が曖昧《あいまい》すぎます）

レクスは溜め息をついた。

「ユーさんのところでも勝負したように、あたいのところでも勝負してもらおうっ！」

ビシッと指をさすヴィリー。

ここでも勝負とは、面倒なことになったとレクスは思った。

あと何回やればいいのだろうか。

「で、勝負の内容は？」

早く勝負して次に進みたいのか、早速フィオナが尋ねると、ヴィリーが呆れたように言う。

「もう、急《せ》かすなんて……でも、まあいいわっ！　勝負の内容はこれよっ！」

ヴィリーが指をパチンっと鳴らすと、そこにはあるものが出現した。

そのあるものとは、魔騎兵棋《まきへいぎ》。王都を中心に貴族層に流行《はや》っているものである。

魔法使いや魔導師、騎士などの駒を動かし、指揮官を取った方が勝ちである。ちなみに盤面《ばんめん》に河川や海や山が存在する場合もある。今回は海と森があった。

「さあさあ、誰が私と対戦するっ⁉」

扇《あお》るようにひらひらと体を動かすヴィリー。

「私が行くわ」

レクスは頭を使う遊びは滅法《めっぽう》弱いし、キャロルもそういった系統のものは苦手である。

ルリは可も不可もなくといった感じだ。

リシャルトもルリと同じくらいだろう。

フィオナはこういった頭を使うゲームはかなり強い。たまにレクス達はそういったゲームをすることがあるのだが、だいたいフィオナの圧勝で終わるのである。

「オッケー！　じゃあ、先攻は譲ってあげようじゃないの！　せいぜい善戦しなさい！」

ヴィリーは無駄にポーズを決め、挙げ句の果てにはウィンクをしてみせた。

椅子も台もいつの間にか用意してあり、快適に打てるように準備されている。さらには飲み物まで置いてあった。至《いた》れり尽《つ》くせりである。

「じゃあ、まずは騎士達を前進させるわ」

この盤面にはマスが存在する。魔法系の職業は基本三マス、騎兵は五マス進むものから最大十マス進むものもある。一気に動かせる駒の数は七つだ。

「じゃあ～こっちは、魔法使い達を拡散《かくさん》させてと……」

ヴィリーは数が多い魔法使い達を密集させるのではなく、拡散させる。

安易に密集させては一気に殲滅《せんめつ》される恐れがある。

そういったことを考慮《こうりょ》してのこの動きだ。

なかなか癖《くせ》のある一手である。

「う～ん……なら、これをこうして……」

フィオナは弓兵を密集させた。セオリーなら魔法使いと同じように拡散させた方がいいはずなのだが、それを無視してのこの行動。何か意味があるのだろうと、レクスは考えた。

「じゃあ、騎士達よ、かかれー！」

ヴィリーのかけ声で騎士の駒が一斉に動き出した。

手で触らなくても動かせるらしい。

「まだ防御陣形《じんけい》を整えてない上で攻勢に出るなんて……悪手《あくしゅ》ね」

フィオナはそう言ってすぐさま防御陣形を整える。

このゲームはターン制ではないので、本来は相手の動きを待つ必要はないのだが、やはり最初は互いに様子を見ている状況だった。

しかし、ヴィリーが均衡《きんこう》を破《やぶ》るべく動き出したのだ。

「本当に悪手かしら！」

ヴィリーはにやりと笑った。

このゲームの肝と言えるシステム――それは、ここぞというところで、ゲーム開始時に配《くば》られるカードの効果である。

「あ、ついでに言っとおくわっ！　あたいに負けたら一週間身体が浮きっぱなしになりますっ！」

「地味な上に一週間好きだな、あんたら……」

怨嗟の声を聞きすぎたせいで一周回って冷静になったのか、リシャルトが突っ込んだ。

リシャルトの言葉を無視して、ヴィリーが宣言する。

「カード効果発動！　騎士の攻撃は防御を貫通する！」

しかし、それを聞いたフィオナは溜め息をついた。

そして――

「弓兵、整列、射て」

弓兵が横一列に整列し、盾を持っている騎士の間から矢を放った。

弓の射程距離は長く、余裕でヴィリーの騎士のもとまで届いた。矢は騎士を次々に討ち取っていく。

フィオナはさらに指示を出す。

「魔法使い達、一斉射撃！」

「い、いつの間に海上にっ⁉」

ヴィリーが驚愕の声を上げる。

フィオナは魔法使い達を船に乗せ、こっそり海上に配置していた。弓兵の密集はそこからヴィリーの気をそらすための大胆《だいたん》な陽動《ようどう》作戦だったのである。

魔法使い達の一斉射撃により、ヴィリー側の指揮官以外の駒が駆逐《くちく》されていく。

「魔導師っ！」

フィオナの声に応じて魔導師の駒がヴィリー側の指揮官に狙いを定め、魔法を発動した。

これで勝負は決まるかと思われたが……

「カード効果発動！　絶対防御！」

「……堂々とイカサマしてやがる」

キャロルが呆れたように呟いた。

カードは一人一枚のはずだ。これは明らかなイカサマである。

しかし、そんな明確なルール違反にもフィオナは全く動じなかった。まるでそれすらも想定していたかのようだ。

「こっちが本命よ」

魔導師の魔法がヴィリーの絶対防御に直撃して上がった土煙《つちけむり》の中から、フィオナがあらかじめ前進させていた騎士達が現れた。

「うぎゃあああぁぁぁ！！！」

ヴィリーが断末魔《だんまつま》の叫び声を上げた。

彼の指揮官は見事に討ち取られた。

「くそおおおぉぉぉ！　あたいの計画は完璧だったのにっ！　どうして！」

「あなたが計画と呼んでいるものは、ただのごり押しよ」

「言わないでえええぇぇぇ！」

ヴィリーはそう言って、目はないのにどこからか涙を流していた。

その後しばらくは特に倒すべき敵は出てこなかった。

同じような洞窟に似た道が続き、途中で道がカーブしたり、階段があったりしたが、罠《わな》の類《たぐい》もない。

レクス達が談笑しながら歩いていると、キャロルが何かに気付いた。

「……ん？　なんか変なボタンがあるなぁ」

キャロルが壁の側面に奇妙な形をしたボタンを見つけた。

明らかに押したらヤバそうな雰囲気を漂わせている。こんなものに引っかかるのは、よっぽどの間抜《まぬ》けだろうとレクスが思った瞬間——

「……えいや」

「ルリっ⁉」

好奇心旺盛《おうせい》なルリが躊躇《ちゅうちょ》なくボタンを押し、フィオナが驚きの声を上げた。

「だ、大丈夫なんですか……？　押しちゃって……」

レクスが尋ねると、ルリはコクコクと頷く。

「……大丈夫、きっと財宝ザクザクに違いない」

ルリは友人達とダンジョンのようなこの蔵へ来たことで、妙にテンションが上がっていた。

しかしそれは他のメンバーも同様で、最初に感じていた緊張感、警戒心はとうに消え失《う》せ、気持ちが緩みまくっていた。

今まで出会ったユーさんやヴィリーがポンコツすぎたせいだろう。

「楽観的《らっかんてき》すぎでしょ……」

リシャルトは呆れたように呟いた。

すると――

ゴゴゴゴゴゴ！

地面が大きく振動した。

「うわっ!?」

「ほら、やっぱりダメなやつじゃない！」

レクスは転《ころ》びそうになるのをなんとかこらえ、フィオナがルリに詰め寄る。

次の瞬間、レクス達が立っていた地面がぱかっと開き――

ザブン！

レクス達は池に落ちた。

「「「「…………」」」」

微妙《びみょう》に虚仮《こけ》にされたような気分になるレクス達。

さらに〝回復の泉：ぜひとも疲れを癒していかれてはいかがでしょうか？　冷たいけど（笑）〟などという説明書きの看板が、丁寧につけられていた。

「お宝ザクザク……泡沫《うたかた》に消えた……」

「いやいや、そんなことより、この看板ムカつくんですけど！」

残念そうな顔をするルリに、キャロルが突っ込んだ。

池から上がり、少し休憩してから、レクス達はなんとか元いた道に戻って再び進み始めた。

「全く、レクスが乾《かわ》かしてくれたから、良かったけど……まあ、疲れは取れた気がするわね」

フィオナの言葉を聞き、レクスは頷いた。今はやる気すらみなぎってきたような感じがする。

「まあ、確かに体力は回復したよ」

リシャルトが溜め息をついて、呟いた。

「『回復の泉』凄い。やっぱり、ある意味お宝かも……」

「ルリ、全く反省してないだろ……」

キャロルは呆れたように言った。

レクス達は他愛《たあい》のない話をしながらどんどん進んでいく。

怨嗟の声は相変わらず聞こえている。

奥に行けば行くほど声は大きくなってきていた。

「そろそろですかね？」

レクスが呟いた。

もう声の主の姿が見えてもおかしくないくらい大音量で聞こえる。蔵の地下だってそこまで広いわけではないだろう。

「いきなり現れげーこげこ！　どうも俺っちの名は――」

「我が願うは水なりその鋭き穂を持って敵を討て『水槍《アクアシュベーア》』」

「ヴェッ⁉」

曲がり角から飛び出してきた蛙《かえる》型の幽霊は、ルリが早口で詠唱した水槍によってあっという間に倒れた。気絶《きぜつ》しているようだ。

ルリは「はぁ、はぁ」と荒《あら》い息を吐いている。

「ルリってもしかして蛙が苦手なんじゃ」

「違う」

「いや、でも……」

「違う」

「苦……」

「違う！　むしろ、蛙は大の得意！　小さい頃から餌《えさ》をやって飼《か》ってた！」

「へ、へぇ……そ、そうかよ」

キャロルは押され気味になりながら苦笑した。

ルリの言葉を信じるものは誰もいなかった。

「蛙……せめて名乗らせてあげていれば、こんな苦しそうな顔が最期《さいご》になることはなかったでしょうに……」

「いや、死んでないし。っていうか、幽霊ならもともと死んでるようなものだろ」

「あはははは……」

フィオナの言葉に呆れたように返すリシャルトと、苦笑いするレクス。

「げこぉ……」

レクス達が去った後には、蛙のむなしいかすれた声だけが残った。


しばらくして、レクス達はついにボスがいそうな大きな木の扉の前にたどり着いた。恐らくここに今回の騒動（？）の元凶《げんきょう》がいるはずである。

「というわけで、リシャルト！　お前、今まで特に活躍してなかったし、ここは男らしく先陣切って入ろうぜ！」

「キャロル……事実だけど、なんか胸が痛むからやめてほしい」

リシャルトは苦い顔だ。

確かに、今までリシャルトは特に何かすることなく、なんなら途中まで膝をがくがく震わせていた。情けない限りである。

男としての沽券《こけん》などあまり意識していないが、ここまで活躍できていないことに多少の負《お》い目はあるようで、溜め息をつきながら「わかったよ」と言った。

「じゃあ、行くよ」

ゴクリ……と喉《のど》を鳴らすリシャルト。

さすがにレクス達も今まで出てきた幽霊やゴースト達のことは一旦忘れて、気を引き締める。

相手はきっといろいろと準備していることだろう。油断はできない。

リシャルトは意を決して扉を開いた。

そこには——

「今日はどの布着よっかな～」

何枚かのほぼ同じような透明な布を吟味《ぎんみ》している少女型の幽霊（？）がいた。

「うすうすこんな予感はしてたけどね……」

「……そうですね」

リシャルトの言葉にレクスは溜め息混じりに頷いた。

他の面々も同意なのか、額に手を当てて息を吐く。

「今日はこれかな……って、あんた達、いつの間にここに入ってきたの!?　てっきり、逃げ帰ってるものだと思ってたのに……」

どうやらこの少女はなんらかの手段でレクス達のことを見ていたらしいが、ここまで来ているのは予想外だったらしい。

「くっ……って、これじゃずっと薄気味悪いじゃない」

少女はキューブ型の魔道具らしきものに手をかざす。

すると――

「明るい音楽？　に変わったわね」

「そうですね」

フィオナの言う通り、怨嗟の声が聞こえなくなった。

どうやら幽霊やゴースト系の魔物の仕業《しわざ》ですらなく、少女が持つキューブから聞こえていただけだったようだ。レクス達は肩透《かたす》かしを食らった気分である。

「はぁ～、脅《おど》かすためとはいえ、こんな不気味なもの流したくなかったのよね」

少女は溜め息をつき、そう言った。そして、腰に手を当てて仁王立ちすると、得意げに語り始める。

「私の名前はアシリア。この蔵の主であーる！　よくぞここまでたどり着いた！」

「今さら？　まさか忘れてたから今から仕切り直そうと……」

「それは言っちゃだめえぇぇぇぇ！」

レクスはアシリアの言動に既視感《きしかん》を覚えた。

ついさっきも、こんなことがあった気がする。

やはり、この蔵にいる幽霊やゴースト系の魔物は皆ポンコツなのだろうか。

「ふ、ふん。あんた達なんかこの布を被れば一撃なんだから！」

少女は棹《さお》にかけてあった布を一枚取ると、頭から被る。

お化け屋敷にいるようなお化けの格好に見えた。それに、布とアシリアの言う〝一撃〟にはなんの関係性もなさそうだと、レクスは思った。

「チープなお化けだな……」

キャロルはそう呟いて溜め息をついた。

レクスも内心では全く同じ感想を抱《いだ》いていた。

「あ、あれ……？　歩きづらい、前見えない、大きすぎ……」

アシリアは布を被って何やらもごもごやっていた。

一撃どころか、よりポンコツ具合が増しただけだ。

「い、いや、浮けばいいのか……」

そう呟くと、アシリアはぶつぶつと何かを唱えた。

すると、彼女の体が宙に浮く。

キャロルが尋ねる。

「あのー、つかぬことをお聞きするんだけど……あんたは幽霊？　魔物？」

「私は魔物だ！　ちなみにグレートファントムよ！　どう？　驚いたでしょ？」

アシリアはえっへんと胸を張った。

しかし、レクス達の誰一人として驚いていなかった。

彼らはゴースト系の魔物に遭遇《そうぐう》した経験がほぼないので、そもそもグレートファントムが凄いのかがよくわからないのだ。

レクス達の反応を見て、アシリアは怒り出す。

「むきぃーー！　誰も驚いてないじゃない！　こうなったら実力行使よ！　こう見えて私は強いわ！　あんた達なんか、ギッタンギッタンのけちょんけちょんにしてやる」


数分後——

「うわあああぁぁぁあん！　何もさせてもらえなかったぁ！　グレートファントムなのにぃ！　負けたあああぁぁぁぁぁ！」

アシリアはぼこぼこにされ、完膚《かんぷ》なきまでに負けた。主にレクスとルリに。

まず、開幕直後にアシリアがレクス達に襲いかかったので、レクスは重力操作《そうさ》魔法を発動して早々にアシリアの動きを封《ふう》じた。その後、ルリの『水閃《アクアフラッシュ》』という標的《ひょうてき》に鋭く水を放つ魔法がアシリアの胴体を貫通。一撃で沈《しず》んだ。

「……私、実は弱々？　何もできないゴミクズなのか？　路傍《ろぼう》の石より霞《かす》んでいるかもしれない……」

「い、いや、ほら強かったぞ？　うん、強かった！　その……浮いてたし……？」

キャロルの慰《なぐさ》めの言葉は慰めにすらなっていなかった。彼女は、傷口に塩を塗《ぬ》り込んでいるだけである。

「私、浮いてるだけ……人畜無害《じんちくむがい》ナノヨー」

ついにアシリアは意味不明なことを呟き出した。もう精神は限界のようである。

レクスは少し悪いことをしたかもしれないと、申し訳なさそうにしていた。何か言った方がいいかもしれないと思い、逡巡《しゅんじゅん》した末に口を開く。

「ほ、ほら、また勝負しましょうよ！　何も一回やっただけじゃ本当の実力なんてわからないですしね！」

なんて声をかけていいか迷った結果、またここに来るよ的な文言になってしまった。

「……ほ、本当か？　存在感が全くないこんな私の相手をもう一度してくれるというのかっ……!?」

うるうるとした瞳で見つめてくるアシリアを見て、レクスは余計罪悪感を募《つの》らせる。

しかし、その直後――

「ふっ……ふっふっふっ……なーーっはっはっはっはっ！　能ある鷹《たか》は爪《つめ》を隠すって言うしね！　受けて立とうじゃないのっ！」

「すぐ調子に乗る。能もないし、爪も隠してないでしょ」

「……笑止《しょうし》」

フィオナが呆れたように呟き、ルリに至っては嘲笑《ちょうしょう》だった。だが、嬉しい気持ちで満たされているアシリアには全く聞こえていなかった。

「また挑戦しに来てねっ！　今度こそこてんぱんに倒してあげる！」

アシリアはリベンジに燃えているようだ。

「……まあ、ひとまず、幽霊騒ぎは一件落着ですね」

「そうね……」

レクスが苦笑しながら言うと、フィオナも同意した。

「……リシャルト、結局扉開けただけだったな」

「うっ……」

リシャルトはキャロルに傷口を抉《えぐ》られ、苦い顔をした。とにもかくにも、幽霊騒動は一旦終息《しゅうそく》したのだった。


「結局これ、使いませんでしたね」

地下道を引き返している途中、レクスは怪しい店で買った薬を魔法袋から取り出した。

「レクス……それ、ちょうだい」

ルリはレクスが持っている二つの薬の効果が気になるようだった。

行きでも見た蛙型の幽霊に〝幽霊消えーる〟を振りかける。

しかし、その名の通り、幽霊の姿が消えただけで、しばらくするとまた現れた。

彼女はやけくそ気味に、もう一つの薬〝ジェットバウンディングゴースト〟を同じ幽霊にかける。

すると――

蛙型の幽霊が急激《きゅうげき》に飛び跳《は》ねだし、壁に跳ね返りまくった。

薬が二つとも効いたということは、この蛙は幽霊でもあり、魔物でもあったらしい。

蛙は苦手ではないはずのルリが泣き喚いていたのが、レクスには印象的だった。

第二章　故郷と妹

幽霊騒動が収まってからしばらく経った頃、レクスはネスラ家の屋敷の自室で唸っていた。

「う～ん……」

「……レクス、何考えてるの？」

アラクネを倒した後、ギルドマスターのオーグデンから受け取った人形《ゴーレム》の素材となるアイテム〝魔力貯蔵石《まりょくちょぞうせき》〟と〝魔力透過石《まりょくとうかせき》〟を持って何か悩んでいる様子のレクスに、エレナが尋ねた。

「どんなゴーレムを作るか悩んでまして……」

レクスは、自分の考えがなかなか纏まらないせいで、モヤモヤしているようだ。

（飛ぶゴーレムにすれば偵察《ていさつ》にも奇襲《きしゅう》にも役立ちますし、守護型人形《ガーディアンゴーレム》にして、周囲の警戒やいざという時に守ってもらうっていうのもありです。う～ん、どちらも捨てがたい！）

「……そんなに悩んでるんだったら、変形できるようにすれば……？」

エレナは冗談でそんなことを言った。変形するゴーレムなど、この国の優秀《ゆうしゅう》な人形使い《ゴーレムマスター》を全員集めてもできないだろう。

しかし――

「それです！」

レクスはエレナを人差し指でさしながら叫んだ。

どうやら、彼はエレナの案に納得したらしい。

「……え？」

思わず間抜けな声を出すエレナ。

レクスがその案に賛成するとは微塵《みじん》も思っていなかったからだ。レクスはそんなエレナに構わず、早速ゴーレム製作に取りかかるため、準備を始める。

「う～ん？　何、騒がしい……」

先ほどのレクスの声で目が覚《さ》めてしまったのか、ベッドで寝ていたミーシャが目を擦《こす》りながら起き上がった。

「レクス～何やってるの～？」

「…………」

ミーシャが呼びかけるが、レクスから反応は何も返ってこない。ぶつぶつと何か呟いて、集中している様子だ。ミーシャはレクスを見て小首を傾げた。

「えーと、すぐに形を変えられるようにするには、魔力をゴーレムに流しながらイメージすればいいわけですから……」

レクスはそう呟いた後、俯《うつむ》いていた顔を上げて息を吐く。

そして――

「『作る』！」

すると、どこからか光の粒子《りゅうし》が結集し、形を成していく。

「……これがゴーレム？」

エレナはできあがったものを見て、本当にゴーレムなのかと疑った。それはどこからどう見てもただの球体に見えたからだ。

レクスは手に持った球体に魔力を込める。

ゴーレムの姿形をイメージしながら魔力を注ぐと、その球体のゴーレムは光り出し、形を変えていく。やがてそれは鳥となった。

「レクス、あんた、つくづくとんでもないわね」

ミーシャは呆れ気味にそう言った。

その時、鳥となった球体から声が聞こえてくる。

《主様《あるじ》。なんなりとお申しつけを》

「うぉっ⁉」

レクスはゴーレムが喋ったことに驚いた。エレナとミーシャはそんなレクスを見て、さらに溜め息をついた。

ゴーレムに喋らせるなど、人形の扱いに長《た》けた人形使いくらいにしかできない。

「う、う～ん、そうですねぇ……」

レクスは気を取り直して、何を命令しようかと考える。

（とりあえず、ユビネス大森林帯の巡回《じゅんかい》を頼みましょうかね。アラクネをはじめ、ここ最近、厄介事が多いですから）

レクスはそのようにゴーレムに指示を出し、ゴーレムが飛び立てるように窓を開けてやる。

《かしこまりました》

ゴーレムはそう言うと、レクスが開けた窓から飛び立っていった。

ミーシャは何か思い出したような感じでレクスを呼んだ。

「ねえねえ、レクス」

「はい」

「人形使いが、『視覚共有《しかくきょうゆう》』ってスキルを使えるの、知ってる？」

「『視覚共有』、ですか？　知りませんね」

レクスが首を傾げながら答えると、ミーシャが説明する。

「『視覚共有』っていうのは、簡単に言えばゴーレムの見えているものを自分も見ることができるスキルのことよ」

「なるほど」

(『視覚共有』……もしかしたら結構役に立つかもしれませんね。『日常動作』の『探す』だと、基本的に自分の記憶を頼りにしなければならない部分がありますから。その点ではゴーレムはかなり有用かもしれません)

レクスは、ミーシャの話を聞いてそう考えた。

そして、いろいろと用途を考えてるうちに別の考えにたどり着く。

すなわち視覚が共有できるということは、視覚以外の感覚も共有できるのではないか、ということだ。

「ミーシャ、その『視覚共有』ってどうすればできるんですか?」

「確か、魔力をそのゴーレムと同期させて、回路を繋《つな》ぐのよ」

ミーシャはさらに続ける。

「ただ、遠距離にいるゴーレムとの魔力の同期は難しくて、膨大な魔力反応の中から的確に対象ゴーレムの魔力を見つけ出すのが困難で……」

「『探す』!」

ミーシャが傍《かたわ》らで話しているのを気にせず、レクスは『探す』を発動する。

そんなレクスの様子を見てミーシャは溜め息をつき、エレナはミーシャの肩をポンポンと叩いて、同意を示す。

「えーっとさっきのゴーレムは……」

レクスは脳内に浮かび上がったユビネス大森林帯の空を探す。そして、それはほどなく見つかった。

(後はイメージするだけですね)

レクスは「ふぅ」と一息ついて、詠唱を開始する。

「魔力よ……我と彼の者を繋ぐ架《か》け橋となりたまえ」

レクスは魔力の同期を一本の橋として、イメージした。

すると、レクスの脳内の映像が切り替わり、鳥型のゴーレムの主観《しゅかん》映像になった。まるで自分が飛んでいるかのような感覚に陥る。

レクスはしばらくその映像を楽しんでいたが――

「!?」

魔物の大群《たいぐん》がある村に住む人々に襲いかかっている様子が、レクスの脳内に映し出された。

ほんの一瞬ではあったが、ユビネス大森林帯の近くの村であの方角……レクスは確信した。

「……クジャ村」

レクスの故郷であり、因縁《いんねん》の場所であるクジャ村だった。

彼はこの村のしきたりである適性検査を受けて『無職』だった故に、村を追い出された。

できれば、あの村とは二度と関わりたくない。レクスは逡巡した。

（あそこは、確かに僕にとっていい思い出ではない。ですが……！）

脳内に浮かび上がる映像に映し出されているのは、村の人達の恐怖に染まった顔。悲鳴を上げて逃げる者。泣き叫び、その場にうずくまる者。

レクスはそれを見て何もしないほど、薄情ではなかった。

何よりクジャ村にはレクスの大切な妹、ミアがいる。拒絶され、酷《ひど》い仕打ちをした両親はともかく、妹を放っておく選択肢などレクスにはなかった。

「――エレナ、ミーシャ、レイン」

「厄介事、でしょ？」

レクスが二人と一匹の名前を呼ぶと、ミーシャが口を挟んだ。どうやらレクスの表情から察したようだ。

「ええ、ですから、力を貸してください」

レクスの言葉に、エレナ、ミーシャ、レインは頷いた。

「……もちろん」

「わかったわ！」

《僕も、僕も！》

レクスはそんな仲間達に小さく笑みを返して、「ありがとうございます」と頭を下げた。

「じゃあ、行きましょう」

レクスは屋敷を出て、クジャ村に向かった。


「エレナ、ミーシャ、レイン！　ちょっと待ってください！」

レクスは王都の門を出て衛兵が見えなくなったあたりでそう言った。レクス単独でクジャ村に行くだけなら一時間もかからないが、今はエレナ、ミーシャ、レインが一緒だ。

ただでさえクジャ村は遠いのに、普通の交通手段では絶対に間に合わない。

レクスは先ほど呼び戻し、元の球体に戻ったゴーレムを魔法袋から取り出し、魔力を込める。

やがてできあがったのは――

《グオオオォォォォォォン！》

ドラゴン型のゴーレムだ。ドラゴン型のゴーレムは大きく咆哮《ほうこう》すると、レクスの方に向き直った。

「二人共、これに乗ってください！　レインはこの袋の中に！」

レクスはドラゴン型のゴーレムに乗りながら言った。エレナ、ミーシャ、レインはそれぞれ頷くとレクスの言った通りに動く。

「風壁《ウィンドミュール》！」

レクスは、詠唱なしで発動できるスキルの『風魔法』で障壁《しょうへき》を作り出す。ゴーレムに乗って飛んでいる最中に、強風に吹かれて落ちてしまうことを防ぐためだ。

「クジャ村までお願いします！」

《グオオオォォォォォン！》

ドラゴン型のゴーレムは、レクスの言葉に同意するように吠《ほ》えると、翼《つばさ》を羽ばたかせて上昇し、猛スピードで飛び始めた。

＊＊＊

場所は変わってクジャ村――

「うわあああぁぁぁ‼」

「グギャ！」

頭にアーメット、胴体にはプレートを装着したゴブリンが、剣を振り上げて村人を襲う。剣はその村人すれすれを通って地面に刺さった。

「ひっ……⁉」

その村人は、あまりの恐怖に足がすくみ、その場にへたりこんでしまう。ゴブリンは、地面に突き刺さった剣を抜きながらその村人の方を向き、にたぁと不気味に笑う。

「グギャァ‼」

ゴブリンは再び剣を振るった。

もうダメだ……とその村人が目を瞑《つむ》って死を覚悟したその時――

「火よ、敵を討ち滅《ほろ》ぼす矢となれ……『火矢《ファイアアロー》』！」

ガキイイイイイイン‼

「グギャァ⁉」

プレートに火矢が直撃し、ゴブリンがわずかに後ろによろめく。しかし、鎧《よろい》は思いのほか頑丈《がんじょう》で、火矢が鎧を貫くことはなかった。

「大丈夫ですか⁉」

「あ、ああ……」

その村人は少し狼狽《うろた》えながら、助けてくれた若い男性にお礼を言う。

「ここは俺に任せて、あなたは早く避難《ひなん》を！」

若い男性はそう言うと、再び詠唱を開始。今度は『火刃《ファイアブレイド》』を、唯一守られていないゴブリンの顔に向けて飛ばす。

「グギャァ!?」

火刃はゴブリンの顔を真っ二つにぶった斬り、血飛沫が舞う。ゴブリンは痛々しい悲鳴を上げると、そのまま地面に倒れた。

「す、すまねえ‼」

村人は申し訳なさそうに言って、その場から走り去った。

「……この村ももう終わりか」

その青年は周りで戦っている村人達を見て言った。今は皆なんとか戦えているが、徐々に押されつつある。戦況はそう遠くないうちに逆転されてしまうだろう。

青年にとってクジャ村は、思い出がたくさん詰まった地だ。

簡単に捨てられる場所ではない。

「誰か助けてくれ……この村を……」

青年の呟きは、空《むな》しく消えていった。

＊＊＊

クジャ村に向けて飛び立ってから三十分後——

ドラゴン型のゴーレムに乗ったレクスが叫ぶ。

「見えてきました！　あと少しです！」

村を追い出されて今住んでいる王都にたどり着くには四日間もかかった道のりだったが、こうも早く着けるとは思っておらず、レクスも少し驚いていた。

「どうか、無事でいてください……！」

レクスはミアが無事であることを願う。

そして、ついにドラゴン型のゴーレムがクジャ村の前に下り立った。そこには何匹か魔物がいたものの、ゴーレムに踏み潰されて跡形《あとかた》もなくなっている。

レクスは風壁を解除すると、ゴーレムから降りた。エレナとミーシャもレクスに続く。

レクス達が降りるとゴーレムは光り始め、元の球体となってレクスの手の中に収まった。

レクスは魔法袋からレインを出し、皆に告げる。

「エレナ、ミーシャ、レイン。行きましょう」

レクスの言葉に仲間達は頷くと、クジャ村へ入っていった。

「……」

レクスは、改めて見るクジャ村の変わり果てた光景に、言葉を発することすらできなかった。

壊《こわ》れた家屋《かおく》に、所々で血を流して倒れている村人。それに、何より目立ったのが装備を身につけた魔物達だ。

第一、魔物が装備を身につけるなど本来ありえない。

考えられる可能性は二つ。

一つはガルロアダンジョンで遭遇したオークのように、魔物が職業を持っている場合。

そしてもう一つは、レクスが学園で受けた従魔師《テイマー》に関しての授業にヒントがあった。

『いいかい？　言い方は悪いけど、従魔師っていうのは魔物を従えて、その魔物を自分の身代わりに戦わせる職業さ。魔物のレベルを上げたり、装備を身につけさせたりすることで、魔物をより強化できるんだ』

これは、従魔師の授業を担当する教師ガウフィールの言葉だ。もし、彼の言った通りならこの一件、従魔師が絡《から》んでいる可能性は捨てきれない。

レクスはそんなことを考えながら、あたりを見回す。それから深呼吸をした。

「エレナ、ミーシャ、レイン。三人は、それぞれ散《ち》らばって魔物を倒してください」

三人はレクスの言葉に頷くと、言われた通りに散開《さんかい》し、魔物の掃討《そうとう》を開始した。

「さて、僕もやりましょうか」

レクスは呟いた。まだ避難中の村人達がいるので、派手な魔法は使えない。

となれば――

「『攻撃力上昇』『強打』！」

レクスは、魔法袋から木の棒を取り出し、村人達に襲いかかろうとしている騎士姿のゴブリンや、足にナイフをつけたコボルト、長い爪を指に装着したコアカオニを次々と撃破《げきは》していく。

並行して、倒れている村人達に『回復』をかける。

何人かは既に息絶えていたが、ほとんどの人がそれで意識を取り戻し、周りの状況を確認すると、一目散《いちもくさん》に逃げていった。レクスはそんな村人達のために、周辺の魔物を蹴散《けち》らし、退路《たいろ》を切り開いてやる。レクスの動きが速すぎるため、避難している村人達は魔物が突然消えていったことに困惑していた。

「ふぅ……ミアはもう逃げたのでしょうか？」

レクスは、ある程度魔物を撃破したところで、一息ついて呟いた。

戦いながらミアの姿を探しているが、一向に見つからない。もしかすると、両親と共に安全な場所に逃げたのかもしれなかった。

するとその時――

「きゃあああぁぁぁぁぁ!?」

聞き覚えのある声が、レクスのもとまで響いてきた。

（この声は……間違いないです‼　くそっ！）

「ミア‼」

レクスは妹の名前を叫びながら、声の聞こえた方へ全力で走っていった。

＊＊＊

ところ変わってユビネス大森林帯――

「クルルルル……！」

レクスの両親とレクスの妹――ミアは現在、蜥蜴《リザード》に追い詰められていた。それも十匹弱もいる。既に周りを囲まれており、逃げ場はない。レクスの両親とミア以外にも、数人の村人達がリザードに狙われていた。

リザードは、頭に金属の角があるアーメットを被っており、突進されてその一撃を食らえば、死は免《まぬが》れないだろう。

「クルアアァァ‼」

複数いるリザードのうち、何匹かが鳴き声を上げながら村人達に突進した。

「魔力よ……集いて彼の者を強化せよ……『強硬』！」

「盾よ……我に向かい来る攻撃を防ぎたまえ……『大盾展開《ラージシールド》』！」

魔法使い《メイジ》の女性と守衛《ポーター》の男性の連携《れんけい》が取れた見事な動き。まるで普段からパーティを組んでいたかのようだ。

ガキイイイイイイイ‼

「ぐおおおおぉぉぉぉ‼」

男性は歯を食い縛り、複数のリザードの突進を受け止める。展開された大きめの盾と金属の角との間に火花が散る。両者は拮抗《きっこう》し合い、やがて――

「ぐあああぁぁぁぁ⁉」

リザードが大盾展開を突き破り、男性をふっ飛ばす。

幸いにも金属の角は男性をかすっただけで済んだ。

「がっ……⁉」

男性は受け身を取ることもできずにバウンドする。

その時、たまたま下にあった大きめの石に頭をぶつけ、男性は呻《うめ》き声を上げる。頭から大量の血を流した男性は、地面に倒れた。

「きゃああああぁぁぁぁぁ⁉」

ミアはその光景を見た瞬間、恐怖のあまり大声で叫んだ。

自分もあんなふうになるのだと思うと、首筋から、手から、冷や汗が伝《つた》うのを感じた。

ミアにとっては、あまりに残酷《ざんこく》だった。他の村人達も顔を青ざめさせている。

「クルルルル……」

小さく鳴きながら、ジリジリと近づいてくるリザード達。

魔法使いの女性もそんなリザード達に怯《おび》え、どんどんと後退《あとずさ》っていく。

（私、ここで死んじゃうのかな？　こいつらに食い散らかされて、痛い思いして。ああ、やりたいこと、もっとたくさんあったのにな……お兄ちゃんと一緒に冒険したい。もう一度お兄ちゃんと一緒に暮《く》らしたい。お兄ちゃんともっと一緒にいたい……）

しかし、その願いが叶うことはなかった。

ミアの大好きな兄は、『無職《なまけもの》』の烙印《らくいん》を押され、村を追放されてしまった。今となっては生きているかどうかすらわからない。

ミアはレクスが村から追い出された時には、まだ寝ており気付かなかったが、しばらくしていつも通りに起きてレクスの部屋に行ってみれば、綺麗さっぱり物が全てなくなっていた。

ミアがそれを両親に問い詰めたところ、「レクス？　ああ、あの無能なら今日村から追放したよ」と聞かされ、怒りに震えた。

ミアはその時、十二歳になって適性検査を受けたら、レクスを捜《さが》しに行くと決めたのだ。

生きているという、わずかな望みにかけて。

（お兄ちゃん、せめて最期にもう一度会いたかったなぁ……）

ミアの頬に、涙が伝った。

「クルルルァァァァァ‼」

リザードが鳴き声を上げて一斉に金属の角を向け、突進してくる。

もうダメだ……とミアが目を瞑り、そして、誰もが諦めかけたその時――

「『守る』‼」

懐《なつ》かしい声がミアの耳に聞こえてきた。

＊＊＊

ガキイイイイイイィィィィィ‼

レクスは『守る』で展開した障壁で、リザードの突進にいとも容易《たやす》く耐えた。

「お兄ちゃん⁉」

ミアが驚きの表情で叫んだ。

先ほどまでもう会えないかもしれないと思っていたレクスがこの場に現れたのだ。当然の反応だった。

「ええ。遅くなって申し訳ないです、ミア」

レクスは苦笑いしながら、ミアにそう言った。その言葉を聞き、もう会えないと思っていたレクスに会えた実感が沸《わ》いたミアは、先ほどとは違う理由で涙を流す。

しかし、両親を含む村人達はそんなレクスを疎《うと》ましそうに睨《にら》んでいた。

「無職が来たところで、なんの役に立つんだ‼」

「このゴミ虫！　せめて壁になりなさい！」

この世界は、職業で全てが決まってしまう。待遇《たいぐう》も人生も何もかもが、だ。

故に、無職のレクスは疎まれる。むしろ、フィアのように無職のレクスを助け、衣食住を提供する者が稀《まれ》なのだ。

それでも、先ほどの言い方はあんまりだ、とレクスは唇を噛みながら思った。

仮にもレクスはクジャ村を助けに来たのだ。ここまで言われる筋合《すじあ》いはない。

レクスが悔しそうな表情を浮かべているのを見て、ミアが口を開く。

「お兄ちゃんは、役立たずなんかじゃない‼」

兄に対する侮辱《ぶじょく》の数々に堪《た》えられないといった様子で、ミアは大声で続ける。

「大体、職業がなんなの⁉　お兄ちゃんと職業は関係ないじゃない‼　お兄ちゃんはお兄ちゃんだよ！」

「……」

それを聞いて、レクスは救われたような気がした。心の奥にある冷たい何かが、少しずつ温かくなっていく。レクスにとってミアの言葉は、それくらい重みのあるものだった。

同じ村のミアの言葉となれば、レクスの両親も黙らざるを得ない。

他の村人達も突如声を上げたミアに驚いている。おかげで騒がしかったあたり一面が、急に静けさを取り戻す。

（……ミア、ありがとうござ――いや、ありがとう）

レクスは心の中でお礼を言い、ふっと口元に笑みを浮かべた。

「クルルルルァァァァ!!」

一度『守る』で弾《はじ》き飛ばしたリザード達が全て、レクスに突っ込んでくる。どうやらレクスを強敵だと認識したようだ。だが、たとえリザードが何匹かかってこようとも、レクスの敵ではない。

「『操糸』!!」

リザードを各個撃破するのは面倒だと考えたレクスが『操糸』を発動すると、彼の目の前で透明な糸が生成されていく。

「『刺化』『細分化』！」

レクスはスキルの動きを強化、アシストする二つのアビリティによって、作り出した透明な糸を鋭くし、細かく分ける。

そして、その糸をリザードに向けて放った。

「クルルルオオォォォォォ!?」

透明な糸はリザード達の身体を貫通し、串刺しにする。リザード達は、一斉に身体中から血を噴き出して倒れた。

その光景を前に、村人達は自分が夢でも見ているのかと疑い、目を一回こすってから、再び現状を確認する。しかし、いくら確認してもリザードの死体は消えない。

村人達はその様子にただただ驚き、呆然とするしかなかった。もちろん、レクスの両親も。


「ふぅ……とりあえず、これでこの周辺に魔物はいないっと」

レクスはリザードを殲滅した後、『探す』でこの周辺を見渡し、一息ついて言った。ついでにクジャ村の方もどうなっているか確認すると、そちらもエレナ、ミーシャ、レインの活躍で大体魔物は片付いていた。これならこの人達の避難を開始しても大丈夫そうだ。

クジャ村の被害状況は酷く、復興《ふっこう》には時間がかかるだろう。

ほとんどの家や施設が魔物によって破壊されており、人が住める状況ではない。場合によっては、移住を検討する必要も出てくるかもしれない。

（それにしても従魔師らしき人物が見当たらない。もしかするともう逃げたのかな？　魔物を村に放って自分は高みの見物か……）

レクスがそんなことを考えていると――

「お兄ちゃん‼」

「うわぁ!?」

ミアがレクスの胸に飛び込み、抱《だ》きついた。レクスはあまりの勢いに思わずバランスを崩《くず》して仰向《あおむ》けに倒れてしまう。

「お兄ちゃん、やっと会えたよ！　お兄ちゃん……！」

ミアは喜びに満ちた表情で涙を流し、レクスの身体に頬をスリスリしながら言った。

「ちょっ……ミア……」

レクスは「恥ずかしいから離れて」と言おうと思ったが、ミアの表情を見るとそんなことは言えなくなってしまった。今はミアのやりたいようにさせてやることにした。

村人達は、しばらく呆然とその様子を眺めていたが、ハッと我に返ると、舌打ちをして走り去っていった。レクスの両親だけがその場に残る。

「……ほら、ミア。帰るわよ」

レクスの母――シナシアがそう言って、ミアに手を差し出す。隣にはレクスの父――レンクラードもいた。両親はレクスに目もくれない。当然レクスもそのことに気付いている。

レクスはちょんちょんとミアの肩をつつき、両親のもとへ行くように促した。

しかし――

「……やだ」

「「え？」」

レクスの両親は揃って間抜けな声を出した。

レクスもミアの発言に目を見開き、固まっていた。

「私はお兄ちゃんと一緒に行きたい」

ミアは自分の意思をはっきりと両親に伝えた。

すると、シナシアとレンクラードは眉を顰《ひそ》めた。

「ミア、何言ってんだ。帰るぞ」

レンクラードが威圧するように告げたが、ミアはレクスの服の裾《すそ》を強く握りしめて耐える。

自分の意思を変えるつもりはないらしい。

「いや！　せっかく会えたのに……もう離れたくない……！」

少し震えながらもはっきり言ったミア。レクスはそんな彼女の手を上から自分の手で包んでやる。

「……そうか。だったらもういい。好きにしろ」

レンクラードは忌《い》ま忌《い》ましげに舌打ちしてそう言うと、もう顔も見たくないとばかりに顔を背《そむ》けた。そのまま村人達が逃げていった方に歩いていく。

「ちょ、ちょっと、あなた、それでいいの⁉」

シナシアは、レンクラードを呼び止めて聞いた。

「……ああ。行くぞ」

レンクラードは少し苛立《いらだ》ったように答えて、再び歩き出す。シナシアはレンクラードの後を追いかけていった。

それにしても――

レクスは、そんな二人をなんとも言えない表情で見送った。

「ミ、ミア？　そ、そろそろ離れて……」

「いやだ」

ミアは一向にレクスから離れる様子がない。

レクスはミアに聞こえない程度に溜め息をつき、仕方ないかと諦める。

「そういえばミア。その……良かったの？　母さんと父さんの前であんなこと言って」

レクスは戦闘中のミアの発言を思い出しながら尋ねた。

無職をかばうようなことを言えば、両親のもとへ帰りにくくなるだろう。

「いいの。もう母さんと父さんのところには戻らないし。私はお兄ちゃんと暮らすって決めたから」

ミアは真剣な顔で言った。

レクスはミアの発言に驚きを隠せない。

「暮らす？　僕と？」

「うん！　どっか手頃でお兄ちゃんとの仲を邪魔されないような場所で一緒に暮らすの！」

ミアはパァと花が咲《さ》いたような笑顔になった。彼女はどうやらレクスと二人で暮らすことを想像しているようだ。

（ごめん、ミア。それはたぶん叶わない）

「ミア、実は……」

レクスがそう言いかけた時――

「ああ、レクス。私という者がありながら、他の子とイチャイチャするなんて……」

「レクス……？」

ミーシャとエレナが、レインを連れて森の奥から姿を現した。

ミーシャはわざとよよよと泣き崩れるようにそう言い、エレナからは威圧感のようなものを感じる。これはちょっとヤバイ気がすると、レクスの直感が告げた。

「エ、エレナ、違うよ！　ミアは僕の妹！」

レクスは、いったんミーシャを無視してエレナに説明した。ミーシャは頬を膨《ふく》らませて機嫌《きげん》を損《そこ》ねたようだが、今はとりあえず気にしない。

「……本当？」

ミーシャは、依然として謎の威圧感を放ちながら尋ねた。エレナのその様子を見て、ミアは「ああ、そういうことね」とニヤニヤしていた。これは何かを企んでいる顔だ。

「私はミア。将来レクスと結婚を約束してるの！」

「ちょっ、ミア、何を言って……」

ミアはあろうことか、特大の爆弾を落とした。エレナの威圧感がさらに強くなり、レクスの目には後ろに般若《はんにゃ》まで見えてきている。

（これはまずい。本格的にまずい）

レクスが弁明しようとすると、追い討ちをかけるようにミアがレクスの腕に抱きつく。

それを見てついにエレナも我慢《がまん》の限界が来たらしい。

「……どうやら問い詰める必要がありそう」

エレナはそう言って目をギラリと光らせると、ミアに詰め寄る。ミアはにやにやと笑いながらエレナから逃げた。レクスはその光景を苦笑しつつ見守る。

このあと、エレナの誤解《ごかい》を解くのにだいぶ時間を要したのだった。

＊＊＊

ここは龍族の国レオルグ——
「またダメだったか……」
レオルグの皇帝——バルテルは、部下からの報告を聞き終え、疲れたように溜め息をついた。

ユビネス大森林帯付近にある人間の村を従魔師を使って魔物達に襲わせたのだが、最初の段階でつまずき、アラクネの件と同じく失敗に終わったらしい。

「うむ……しかし、こう何度も失敗していては、人間《あいつら》にも勘づかれてしまう。どうしたものか」

バルテルが顎に手を当てて、難しい顔で唸りながら考えていると、コンコンと謁見の間のドアが叩かれる音が聞こえた。

「入れ」

バルテルが言うと、入ってきたのはフェイクだ。バルテルの重臣である。

「フェイクか。どうした？」

バルテルが尋ねると、フェイクは片膝をつき、用件を告げる。

「本日、ダークエルフの国ザカライアより使者が来ております」

フェイクの報告にバルテルは口をあんぐりと開けて驚く。バルテルは使者が来ることを知らなかったのだ。

「フェイク、使者とはどういうことだ？」

バルテルが険しい顔で聞いた。

「はっ。私がちょうど門の前を通りかかりましたところ、何者かが門番と押し問答《もんどう》をしているのを見かけました。私が何事かと尋ねましたところ、ザカライアからの使者だと申したものですから、一応こちらに連れて参りました次第でございます。私にも詳《くわ》しい事情はわかりません」

申し訳ありません、とフェイクは頭《こうべ》を垂《た》れる。

「そうか。わかった、使者をここへ連れてこい」

「はっ。今すぐ」

フェイクはそう言うと、謁見の間を一度退出した。

バルテルがしばらく待っていると、扉が再び開かれ、フェイクが戻ってきた。彼の横には、長い銀髪と長い耳が特徴的な種族、ダークエルフの使者と思《おぼ》しき女性が立っていた。

以前、ここを訪れたオレリアとはまた別の使者だった。

「こちらが、私の申し上げた使者でございます」

フェイクは手でダークエルフの方を指し、告げた。

「そうか。して、ダークエルフの使者は何用があってここに来たのだ？　セレニア王国侵《しん》略《りゃく》の件についてはある程度話はまとまったと思っていたが」

バルテルは威圧感のある表情で尋ねると、ダークエルフの使者は片膝をつき、丁寧な物言いで答える。

「率直《そっちょく》に申し上げます。我が国と同盟を結んでくださいませんか？」

「同盟、か……」

（このタイミングで同盟とは、一体どういう風の吹き回しだ？　ザカライアは小さい国だが、どこの力を借りずともやっていける国力がある。だからこそ、今まで同盟を結ばずに協力関係にとどめてきたはずなのに……）

バルテルは考えを巡らせたが、理由は何も思い浮かばなかった。

「ダークエルフの使者よ。仮に同盟を結んだとして我々になんの得がある？」

バルテルは気になったことを尋ねた。

同盟において何よりも重要なのは、その同盟で自国に何かしらの利があるかどうかということ。

有《あ》り体《てい》に言えば、利害が一致するかどうかということだ。

ダークエルフの使者は答える。

「我々からは、レオルグ国に兵力の提供と、我々が持っているセレニア王国及び、その周辺諸国の情報を全て提供したいと考えております」

その内容にバルテルは思わず息を呑んだ。

バルテルは咳払いをすると、再び尋ねる。

「……そうか。お主らは何を望む？」

バルテルの質問に、ダークエルフの使者はわずかに顔を上げ、言う。

「人間族の領土の一部を割譲《かつじょう》してほしいのです」

「わかった。ダークエルフ族と同盟を組もう。そもそもお主らとは協力して、セレニア王国を攻めているところだ。今までお主らが何を求めて我々と組んでいるのかわからなかったのが、理解できてよかった」

バルテルは納得した表情でダークエルフの使者に告げた。

「同盟の承諾《しょうだく》、誠に感謝いたします」

ダークエルフの使者は、再び頭を垂れて言った。

こうして、両種族の関係は強固なものとなり、計画は着実に進んでいくのだった。

＊＊＊

レクス達はクジャ村での魔物討伐を終えて、ドラゴン型のゴーレムに乗って王都への帰路についていた。

「そういえばレクス、口調変わったわね」

ミーシャが不意に言った。

エレナも同意なのか、うんうんと首を縦《たて》に振って頷いている。

「確かに。お兄ちゃん、敬語じゃなくなってるね」

「うん。なんだろうな……堅苦《かたくる》しいのはもう嫌になったんじゃないかな。きっと」

レクスは頬をかき、苦笑した。

「何、その曖昧な言い方。自分のことでしょ？」

ミーシャは少し頬を緩めて呆れたように笑う。他の二人もそんなレクスを微笑ましそうに見つめていた。


両親や村人達とのちょっとしたいざこざがあった後、レクス達はクジャ村と村人達をどうするかという話し合いをした。

ミーシャは、「あんな奴らなんか放っておけばいいのよ！」と怒り気味に言っていたが、レクスとしては、顔見知りの村人達や両親に死なれては、寝覚《ねざ》めが悪い。

結果、フィアに報告してディベルティメント騎士団に村人達を保護してもらうことにした。

方針を決めた後、レクスはとりあえず村人達を一ヵ所に集めておく必要があると思い、『探す』で村人達の位置を把握《はあく》。幸いにも、皆無事に合流できており、集める手間が省《はぶ》けた。

レクスは、村人達がバラける前に急いでその場所に向かった。

当然、レクスをよく思っていない村人達や両親は、彼が目の前に姿を現すと眉間《みけん》にしわを寄せ、思いきりしかめっ面《つら》をした。その顔は「まだ何かあるのか?」とでも言いたげだ。

『皆さん、聞いてください。僕達は今から騎士団を呼んできます。だから、皆さんはここに……』

待機していてくださいと、レクスが言う前に怒号《どごう》が飛んでくる。

『誰が無職の言うことなんて聞くかぁ‼』

『そうだそうだ!』

『無職に指図されるいわれはないわ‼』

ギャーギャー騒ぐ村人達を見て、レクスは溜め息をついた。

『皆さんの言いたいことはわかりました。ですが、いいんですか? 避難している最中に魔物の大群に再び襲われたら今度こそ死にますよ?』

レクスは普段は見せない凄みのある笑みを浮かべて言った。村人達はレクスの笑顔に背《せ》筋《すじ》に悪寒《おかん》が走り、ぶるっと身震いした。

『それが嫌なら、ここで待機していてください。すぐに騎士団を呼んできますから』

レクスがそう言うと、村人達は舌打ちしながらも指示に従った。

レクスは舌打ちを無視し、詠唱するのも面倒なので、スキルの『風魔法』で『風壁《ウィンドミュール》』を発動。村人達を覆《おお》うように展開した。

『いいですか？　そこから動かないでくださいね？』

レクスは再度意味深《いみしん》な笑みを浮かべ、言った。

レクス達がドラゴン型のゴーレムに乗るために村を出ようと歩き出した時、またもや怒《ど》鳴《な》り声が聞こえてくる。

『お、おい、すぐに騎士団を呼びに行くとか不可能なこと言ってんじゃねえ‼　ここからだと少なくとも四日はかかるんだ！』

その言葉に便乗《びんじょう》するように他の村人達も騒ぎ出す。いちいち構っていてはキリがないので、レクスは完全に無視した。

村人達はしばらくレクス達が歩き去っていった方向を見つめていた。

すると——

『クルオオオォォォン‼』

甲高い泣き声が聞こえたかと思うと、一匹のドラゴンが上空に浮かび上がってきた。

そして次の瞬間、それは猛スピードで王都へ飛んでいった。

『………………』

村人達はその光景を呆然としながら見送るのだった。

そのような経緯があって今に至るわけである。

レクスは村での出来事を思い出し、苦笑した。

「少し急ごうかな」

レクスは呟くと、さらにスピードを上げて王都に向かった。


「「「「「「お帰りなさい、レクス君、エレナちゃん、ミーシャちゃん」」」」」」

レクス達が急いで屋敷に帰ると、いつも通り六人のメイドがレクス達を迎《むか》えてくれた。

しかし、今は悠長《ゆうちょう》にしている暇はない。

「シュレムさん！　フィアさんは今どちらに？」

「フィアお嬢様なら執務室にいると思いますが……」

メイド長のシュレムの返事を聞くと、レクスはシュレムがミアの名を尋ねる前に執務室に走っていってしまった。

急いでいるレクス達の様子を見てメイド達は、どうしたんでしょう？　と首を傾げていた。


レクスはコンコンとフィアの執務室のドアをノックした。

「はーい」

中からフィアの声が聞こえた。

それを聞いて、レクスははやる気持ちを抑えてドアを開ける。

「あれ、レクス。どうしたの？」

「フィアさん、大変なことになった」

フィアはレクスの口調が変わったことや知らない少女がいることに気付いていたが、あえて触れなかった。レクスの表情から、緊急事態《きんきゅう》であるとわかったからだ。

「大変なことって？」

「クジャ村が装備をつけた魔物の大群に襲われた」

「⁉」

フィアはそれを聞いた瞬間、ガタッ！　と勢い良く立ち上がった。そして、恐る恐るレクスに問いかける。

「レ、レクス……クジャ村の状況は？」

すると、レクスはフィアの様子を見て苦笑しつつ答える。

「クジャ村なら、僕達が一通り魔物を撃退《げきたい》したから、とりあえずは大丈夫だよ」

レクスがそう言うと、フィアは安心したように一息ついて、どさっと椅子に座った。レクスはフィアが落ち着いたのを見て、本題を切り出す。

「それでフィアさん、頼みがあるんだ。騎士団にクジャ村の住人の保護をお願いしたいんだけど……」

フィアは鼻息も荒く「任せて！」と応えた。

しかし、いくつか問題や疑問な点がある。

「でも、クジャ村ってここから遠いでしょ？　最短で数日かかる。そんなに時間をかけていたら、間に合わないいんじゃないの？」

フィアの言っていることはもっともだ。

普通に歩いていくのでは、時間がかかりすぎてしまう。その間に再び魔物に襲われれば、レクス達の苦労は無駄になってしまう。しかし、レクスは抜かりない。

「大丈夫。魔物対策はしておいたし、これを使うから」

レクスはそう言うと、魔法袋から球体のゴーレムを取り出してフィアに見せる。

フィアはそれを見て、首を傾げた。見ただけではどうやって使うのかわからないので、当然の反応だった。

「フィアさん。とりあえず、騎士団の方々の召集《しょうしゅう》をお願い。僕は正門の前で待ってるから、召集が終わったら、そこに来て」

「わかった。すぐに集めてくるよ」

レクスの言葉にフィアは力強く頷いて応えると、執務室を出て身支度《みじたく》のために自室へ向かおうとする。

「あ、そうだ。レクス、後でいろいろと話を聞かせてもらうからね？」

フィアはそれだけ言うと、今度こそ執務室を出ていった。

「さて、僕達も行こう」

レクスの言葉にエレナ、ミーシャ、ミア、レインは頷いた。

騎士団の人を乗せるのであればゴーレムは一体じゃ足りない。『作る』で複製《ふくせい》できるかどうか試して、可能であれば四、五体くらい作っておきたいところだ。

レクスはそんなことを考えながら、王都の正門へ向かった。


その後、レクス達はディベルティメント騎士団と合流し、軽く自己紹介をした。

「レクスです。よろしくお願いします」

レクスはペコリと頭を下げた。

初対面の人達にはさすがに敬語を使った。

「へぇ、君があの……」

騎士団の面々は、レクスをまじまじと見つめる。

フィアからレクスのことは聞いていたが、こうして実際に見てみるとかなり可愛らしい。

団長が溺愛《できあい》するのも納得だと、フィアの方を見ながら意味深な笑みを浮かべ、うんうんと頷いていた。

お互い軽く自己紹介を終えて、いよいよクジャ村に向けて飛び立った。その際にレクスが多数ドラゴン型のゴーレムを作り出した時には、皆度肝《どぎも》を抜かれていた。

三十分ほどでクジャ村に到着すると、騎士団のメンバーからは驚きの声が発せられた。

「え？　もう着いた？」

「最低でも数日はかかるのに……」

その後は騎士団の面々が村人達を保護した。

レクス達には反抗的だった村人達も、騎士団の指示には素直に従ってドラゴン型のゴーレムに乗った。

レクスは村人達に気付かれないようにこっそり『風壁』をかけたり、身体のバランスが安定するように魔法をかけたりしておいた。

こっそりやっているのは、変に姿を見せて村人達を刺激しないためだ。

レクスがそんな地味な作業を繰り返していると、後ろから肩を叩かれた。

レクスが振り返ると、そこにはレクスがクジャ村にいた頃、よく一緒に遊んでいた子供の一人、ロンメルがいた。

レクスは、また文句を言われるのかと身構えたが、どうやら違うようだ。

「レクス、その……なんだ。助けてくれてありがとよ。お前って、結構強いんだな。お前がいなかったら、俺は死んでたよ」

ロンメルは「本当にありがとな」ともう一度そう言って微笑むと、その場を去ってドラゴン型のゴーレムのもとに向かった。

ロンメルの目からは涙がこぼれ落ちていた。しかし、レクスにはその涙を見せなかった。

レクスが追放されたあの時、救いの手を差し出せなかった自分に、そんな資格などないと思ったからだ。

「………」

ロンメルの言葉を聞いたレクスもまた、涙を流していた。

悲しいから泣いているのではない。嬉しかった。

ロンメルの言葉のおかげで、苦労が少し報《むく》われたような気がした。

「レクス、どうしたの⁉　何を言われたの⁉」

「……大丈夫？」

「お兄ちゃん？」

《ご主人？　大丈夫？》

レクスが涙を流しているのを見たミーシャ、エレナ、ミア、レインは心配そうにレクスに声をかける。

レクスは涙を拭って「大丈夫！」と微笑んだ。

そんなレクスに、四人はなおも何か言いたげだったが、レクスは首を横に振った。

「本当に大丈夫だから」

レクスがそう言うと、仲間達は安心したような表情でホッと息をついた。

レクスの表情から本当に問題ないとわかったからだろう。彼は、わずかに口角を上げて嬉しそうにしていた。

「あ、そろそろ全員乗り終わるみたいだよ。僕達は見つからないように一足先に戻ろうか」

その言葉を聞き、四人が頷くと、レクスは先ほど複製したゴーレムの一つをドラゴン型に変形させ、クジャ村を飛び立った。

こうして、クジャ村での騒動は、騎士団が無事に村人達を保護して幕を閉じた。


クジャ村での騒動が収束《しゅうそく》した後――

騎士団がクジャ村の住人を王都の保護施設に入れ、とりあえず村人達の住居は保証された。

後で王都から少し離れた何もない安全な土地に住居を建《た》てて、村人達はそこに移住することになっている。

現在のクジャ村は危険すぎると判断されたからだ。

＊＊＊

「レクス。あなた、口調が変わったわね」

クジャ村で住人を保護した翌朝――

学園への通学途中で、フィオナがレクスに言った。

「確かに。前のレクスだったら、〝おはようございます〟だもんな」

キャロルは以前のレクスの真似《まね》をして、軽くお辞儀《じぎ》した。

ルリもその意見に同意するようにうんうんと頷いていた。

「まあ、いろいろあったんだよ。いろいろ」

レクスは少しぶっきらぼうな口調で恥ずかしそうに言った。

細かいことを聞かれてもあまり上手くは答えられないだろう。本人しかわからない感覚のようなものなのだ。

「そっか」

フィオナはそれを感じ取ったのか、それ以上は聞かず、微笑んだ。

「でも、こっちのレクスの方がなんか親近感《しんきんかん》湧くわね」

「うん……それ、なんとなくわかる……」

ルリはフィオナの言葉に頷いた。

「そうだな。前は敬語で堅《かた》っ苦《くる》しくて、妙に距離感あったけど、今はそうでもねえしな」

キャロルは快活に笑いながら二人に同意した。

どうやら、前までの敬語口調は皆に微妙な距離感を感じさせていたようだ。レクスが悪いわけではないが、彼はなんだか申し訳ない気持ちになってしまった。

そんな他愛のない話をしながら、レクス達は学園へ向かった。


「おはよう」

「おはよう、ナタリアさん」

教室に着いたレクスは、おっとりしたクラスメイトのナタリアに微笑みながら返した。

フィオナ達もそれぞれナタリアに挨拶する。

「レクス、口調変わった？」

ナタリアはレクスが敬語でないことに気付き、驚いたように尋ねた。

「うん、まあそうだね」

「そう……今の方がいいね」

ナタリアは、そう言って微笑み、さらに付け加える。

「この際だし、さん付けもやめてみない？」

ナタリアの提案に、レクスは考え込む。

（う～ん、僕が仮にさん付けをやめたら……）

レクスは、自分がさん付けをしないでフィオナやナタリアを呼んでいる場面を想像する。

（いやいやいや。なんか違和感《いわかん》ありまくりなんだけど⁉）

レクスは首を振ってその想像を振り払った。

心なしか、顔が少し赤い。

「ごめん、さん付けなしっていうのはちょっと……」

「そっか、残念」

少しも残念そうじゃない表情を浮かべたナタリア。

どうやら冗談半分だったようだ。

その証拠《しょうこ》に、顔を赤くしたレクスを見てクスクス笑っている。

「ナタリアー、今日の一時間目ってなんだかわかる？」

キャロルがナタリアに尋ねた。

「今日の一時間目は確か体育よ」

ナタリアは少し上を向いて考え込んでから答えた。

「あ、やべぇ。体育着忘れた」

キャロルはやっちまったとばかりに舌を出す。

ナタリアを含め、レクス達ははぁと呆れたように溜め息をついた。

「いやー、助かったぜ。レクス、サンキューな」

キャロルが快活に笑い、レクスの肩をバシバシと叩く。

「痛っ⁉　全く……キャロルさん？　このことは秘密ですからね？」

レクスは少し涙目になりながら言うと、キャロルは「おうよ！」と力強く頷く。

レクス達はウルハによる朝のＳＨＲを終え、一時間目の準備をしていた。

キャロルが体育着を忘れたと聞いたレクスは、『それなら僕が作りますよ』と提案。

『日常動作』スキルの一つ、『作る』で体育着を作り出したのだった。

『作る』は発光をともなうスキルなので、レクスは光の粒子を隠しながら体育着を作っていたのだが、途中でウルハが教室に入ってきてしまった。

レクスはかなり焦ったものの、無事に乗り切って今に至る。

「じゃあ、レクス。私達は着替えてくるから、また演習場で会いましょう」

「うん」

フィオナの言葉にレクスは頷いて答えた。

そうしてフィオナ達は体育着に着替えるために教室を出て、更衣室へ向かった。

＊＊＊

「今日は、二百メートル走をやるぞ～い」

体育担当の教師――マティス・フォイスが言った。マティスは、白髪《しらが》にしわの多い顔、杖をついて立っている姿が特徴的な高齢の男性だ。なぜこの先生が体育教師をやっているのか疑問な点は多いが、実力だけは確かだった。

「まずは儂《わし》が走ってみるから、皆儂のタイムを超えられるように頑張るのじゃぞ」

マティスは「じゃあ、スタートとタイマーをよろしく」と適当な生徒二人に指でボタンを押して鳴らす笛《ふえ》と、時間を測る魔道具を渡す。ちなみにこの体育の授業はレクス達のSクラスとAクラスの合同である。マティスは杖を置き、スタート位置についた。

「それでは、位置について――スタート！」

男子生徒が笛を鳴らすと、マティスは事前に詠唱しておいた『身体強化』を発動し、一気に加速。

二百メートルトラックを猛スピードで走り始めた。

見た目に似合わず、フォームはとても綺麗だった。

（あの人、いつも思うけど絶対杖いらないでしょ）

レクスはそんなことを考えながら、マティスの走っている姿を見ていた。

やがて、マティスが走り終わった。

「じゅ、十三秒七五です！」

そのタイムに生徒がどよめいた。当然だ。よほどレベルを上げてなおかつ身体強化が上手くできなければ、こんなタイムは出せない。現状、ほとんどの生徒には達成できないスピードだった。

「速すぎだろ、あのじいさん」

「よくあんな走れるよね……」

生徒達がぶつぶつと話していると、マティスが『身体強化』を発動したまま、生徒達のもとに戻ってきた。

「と、まあ、これくらいは出せるように頑張るんじゃぞ」

「「「「できるかぁ‼」」」」

生徒達の叫び声が、演習場にこだました。

「なあなあ、誰から走る？」

キャロルがグループのメンバーに尋ねた。

マティスから、各グループに分かれて走るように指示が出てとりあえず分かれたのだが、レクスのグループのメンバーはフィオナ、ルリ、キャロル、ナタリア、エマ、アーティになった。

「私から行くわ」

フィオナが手を上げて言った。

ここ最近はレクスとの特訓で魔法の実力をめきめき伸ばしているので、その成果を発揮したくてウズウズしているようだった。

「オッケー。じゃあ、レクスは笛で、ナタリアはタイム測定を頼む」

「わかりました」

「了解よ」

レクスとナタリアは頷くと、キャロルから道具を受け取り、それぞれ持ち場に行く。

キャロルはそれを見て、してやったりといった笑みを浮かべた。

フィオナは二人が準備できたのを確認し、スタート位置についた。

「フィオナさん、ファイト」

レクスが握り拳を作ってフィオナを激励《げきれい》すると、フィオナはレクスとの距離の近さに気付いて恥ずかしそうに頬を染め、もじもじした。

「え、ええ……」

（落ち着け、落ち着くのよ、私！　とりあえず今は二百メートル走に集中よ！）

フィオナは心の中でそう言って自分を落ち着かせる。

『魔法は、できるだけ正確にイメージすることが大切です。どういった威力なのか、どのくらいの効果範囲なのか。そうすることで、より魔法が発動しやすくなるのです』

フィオナはレクスから言われたことを思い出しながら、無詠唱で魔法を発動する。

「準備はいいですか？」

「ええ」

レクスの言葉に、フィオナは力強く頷いた。

「それでは、位置について……スタート！」


「フィオナ、凄いじゃん！」

「無詠唱、凄い……私も覚えたい」

フィオナが走り終え、グループメンバーのもとに戻ると、皆が彼女を褒《ほ》めた。

フィオナのタイムは十二秒九六。マティスのタイムを約一秒も上回《うわまわ》った。

以前のフィオナと比べれば……いや、それどころか学園中を見回しても快挙《かいきょ》といえるタイムだ。

グループのメンバー達はフィオナがレクスに魔法を教わっている事を知っているので、後で自分もレクスに魔法を教えてもらおうと、思っていた。

「そ、そう？　ありがとう」

フィオナは照れ臭そうにお礼を言った。

そして、練習の成果が無事に出たことに安堵の息をつく。

「じゃあ、次は誰が行く？」

キャロルが再び皆に向けて尋ねた。

しかし、フィオナのあの走りを見た後だと走りづらい。

しばらく誰も手を挙げなかった。

「……は」

やがて、アーティが手を挙げた。

このアーティは筋金入《すじがねい》りの無口で、何か言った時もほとんど聞き取れないので、いつもは仲良しのエマが通訳の役割を担《にな》っている。

しかし、この時ばかりは、皆アーティの言いたいことが大体わかり、頷いた。

「「「「誰も走らないのなら、僕が走る！」」」」

見事に全員の声が揃った。

エマは自分の役割が取られたとばかりに頬を膨《ふく》らませて少し拗《す》ねていた。

アーティは皆が見守る中、スタートラインに立つ。

事前に詠唱しておくことも忘れない。

「それじゃいくよ。位置について……スタート！」

レクスが笛を鳴らすと同時に、アーティは『身体強化』を発動して、一気に二百メートルトラックを駆けていく。

彼は魔法が得意なので、他の生徒よりも速い。

やがて、アーティがゴールラインを抜けた。

「十五秒三八！」

ナタリアはアーティに聞こえるように言った。演習場は騒がしいため、大きな声でないと届かないのだ。

その後、アーティはフィオナ達のもとに戻った。

「何秒だったの？　アーティ」

エマがアーティに尋ねた。早く知りたいのか、ウズウズした表情を浮かべている。

「……じゅ」

「「「……？」」」

フィオナ、ルリ、キャロルは、今度はアーティが何を言っているかわからないようで首を傾げた。

「十五秒三八かぁ～。アーティ、やっぱり速いね！」

エマは微笑みながら言った。

そして、「私もアーティくらい速く走れるように頑張ろっ」と握り拳を作り、ふんすと鼻息を鳴らした。

「「なんでわかるの⁉」」

三人は突っ込まずにはいられなかった。アーティの「じゅ」から十何秒台だったということはわかったが、それ以上は無理だ。エマの通訳能力に脱帽《だつぼう》だった。

エマは内心、ここまでわかられちゃったら、本当に私の役割がなくなっちゃうからね、と思い、少しホッとしていた。

その後、キャロル、ルリ、エマ、ナタリアが走った。四人とも十六秒台と、かなり僅差《きんさ》だった。

十六秒台でも他の生徒達よりはだいぶ優秀である。四人の中だと、一番速かったのはナタリアで、十六秒二八だ。

そしてレクスの番になった。レクスはスタートラインに立って、事前に『身体強化』の魔法を詠唱しておく。レクスには無詠唱は難しい。想像力を膨らませるには、詠唱が必要だ。

「じゃあ、位置について……スタート！」

エマが鳴らした笛の音に合わせてレクスは『身体強化』を発動。

すると、レクスの周囲に突風が発生し、生徒達から悲鳴が上がった。

レクスは十秒もかからないうちにゴールを駆け抜けていた。

「さ、三秒一三……」

キャロルは、なんとかボタンを押したタイム測定の魔道具を見て、その速すぎるタイムに愕然《がくぜん》とすると共に、やっぱりレクスは相変わらずだなと呆れた。

他のグループメンバーも「全く……」とキャロルと同じ反応を見せた。レクスとしてはかなり力を抜いたつもりだったのだが、まだまだ加減がわかっていないようだ。

第三章　異種族間戦争

「皆、揃っているな？」

セレニア王国の各騎士団を統括《とうかつ》する統括騎士団長――ミハイルが確認した。

統括騎士団長とは、各騎士団が協力して任務にあたらなければならない時に置かれる臨《りん》時《じ》の職だ。

普段は滅多に置かれることはない。

ミハイルの問いかけに全員が頷いて答えた。ミハイルはそれを見て、早速会議を始める。

この場にいる団長は全部で六人。ミハイルを含めれば七人だ。

〝ディベルティメント騎士団〟のフィア・ネスラ、〝デトワール魔法師団《まほうしだん》〟のウルマス・イスタンテ、〝ボルケイド槍師団《そうしだん》〟のガット・ファーティ、〝ファティス弓師団《きゅうしだん》〟のエネーア・スタインズ、〝ルーウェイン薬師団《やくしだん》〟のエリシア・クヴェタ、〝フォーデル錬金術師《れんきんじゅつし》団《だん》〟のアロルド・ヴィクトワールだ。

他にもいろいろな部隊が存在するのだが、今回の会議には、これだけの騎士団で事足《ことた》りる……というより、今回の作戦会議に他の騎士団が入ったとしてもできることはほとんどない。

事実上、この六つの部隊が王国のトップだった。

「ではまず、この度発生したクジャ村での騒動についてだが、ガット。お主はどう考える？」

ミハイルは、ガットに尋ねた。ガットはこの中で一番王国の内情に詳しい。今回の件も大体目星はついていると判断したからこその人選だった。

「ユビネス大森林帯でのアラクネ事件に加えて、今回のクジャ村での騒動。龍人族《ドラゴニュート》が関わってると見て間違いないでしょう」

長い黒髪に端整《たんせい》な顔立ちで、一見女性のように見えるガットは眉間にしわを寄せ、険しい顔つきで答えた。

フィアは、レクスからおおよそのことは聞かされていたので、その見解《けんかい》に頷いていた。

「うむ、そうか。やはり龍人族が……」

ミハイルも大体見当はついていたのか、渋《しぶ》い顔つきで呟いた。

なぜ見当がついたのかと言えば、やはりアラクネ事件が大きい。

ユビネス大森林帯で暴《あば》れたアラクネがゴーレムだったことは、レクスの報告を受けたフィアが上層部に共有していた。

龍人族の国レオルグは、ゴーレムの生産が盛《さか》んだ。加えて、龍人族は我《が》が強く、人間と争《あらそ》ってきた歴史がある。それらを加味した結果だ。

「他に何かわかったことはあるか？」

「いえ、残念ながら」

ミハイルの言葉に、ガットは首を横に振って答えた。

もしかしたら、レオルグ以外にもどこか違う国が絡んでいる可能性があるかもしれないとガットは推測していたが、現時点では断定《だんてい》できない。情報が少なすぎるのだ。

「そうか。それはまあいい。それよりも問題は……」

「再び龍人族が攻めてくる可能性がある、ということね」

「うむ」

ミハイルの言葉を継ぐかのようにそう言ったのは、金髪の三つ編《あ》みにピンク色の縁《ふち》のメガネが特徴的な女性——ウルマス・イスタンテだ。

今日の本題はこちらだ。

二つの事件はどちらも被害が拡大する前に終息したからよかったものの、そうでなかったら今頃セレニア王国は壊滅的《かいめつてき》な損害《そんがい》を被るところだった。

アラクネ事件後から既にこうして会議を重《かさ》ねていたが、何も対策を打てないまま二つ目の事件が発生してしまった。もう、もたもたしている暇はない。

「いつ騒動が起きても対処できるように、それぞれの団からメンバーを選出して小隊を編成。それを各地区に設置しようと思う」

ミハイルの意見に異議を唱える者はおらず、皆一様《みないちよう》に納得した様子で頷いていた。ミハイルはそれを確認すると、さらに話を進める。

「では、まずはユビネス大森林帯に一番近いユヴァ地区から順に、小隊の編成を決めていこうと思う」

こうして、対策会議は慎重《しんちょう》に進められるのだった。

＊＊＊

クジャ村での騒動から数ヵ月が経った頃――

「皆、落ち着いて聞いてほしい。今日から転校生がこのクラスに来る。まだこっちに来たばかりで右も左もわからないだろうから、いろいろと教えてやるように。おい、入ってこい」

ウルハがそう言うと、教室のドアが開き、一人の少女が入ってきた。その少女は、茶髪のポニーテールに、スタイルの良さが特徴的だ。

「「「「お～～！」」」」

男子も女子もその少女を見た瞬間、思わず声を上げた。

少女があまりにも可憐《かれん》だったからだ。

「お前ら、静かにしろ」

ウルハの一言で、教室は再び静寂《せいじゃく》を取り戻した。ウルハが少女に自己紹介するよう促すと、少女は口を開く。

「カレン・ルイアーナと申します。よろしくお願いします」

スカートの裾をつまんで、礼儀《れいぎ》正しくお辞儀した少女——カレン。男子のほとんどはカレンに魅了《みりょう》されていた。

(う～ん、なんか違和感があるような……)

そんな中、レクスは一人首を傾げていた。カレンという少女を見てわずかな違和感を覚えたのだが、それがなんなのかまではよくわからなかった。

「まあ、いいか」

レクスは気にしないことにした。

「カレンの席は、あそこだ」

ウルハがそう言って指差したのは、レクスの隣の席だ。

「はい」

カレンは返事をすると、レクスの隣の席に来て、椅子に腰かけた。

「よろしくね、えーと……」

「レクスだよ。こちらこそよろしく」

「うんっ」

カレンは嬉しそうに頷いた。

「これで、朝のＨＲは終わりだ。皆、次の授業の準備、忘れるなよ？」

ウルハはそう言い残して、教室を出ていった。

すると途端にカレンの周りに生徒達が集まり始めた。

「ねえねえ、どんな魔法が得意なの⁉」

「どの剣術が好きなの⁉」

「好みのタイプは⁉」

ギャーギャーと騒がしい生徒達。

カレンは少し戸惑っている様子だ。

レクスが、誰か止めてくれないかなぁこれ、と思っていると――

「ちょっと、そんなに一斉に聞いたら、カレンさんも迷惑でしょう」

皆をたしなめたのは、フィオナだった。彼女の言葉を聞いてハッとなった生徒達は、口々にカレンに謝《あやま》ってすごすごと引き下がっていった。

「カレンさん、大丈夫？」

「あ、ああ、うん。ありがとう。えーと……」

「私はフィオナよ。よろしくね」

「うん、こちらこそ。よろしく」

　フィオナとカレンは、自己紹介をして微笑み合う。

　こうして、Sクラスに新たにカレンが加わったのだった。


「ねえねえ、レクス君。教科書見せてくれない？　注文したんだけど、届くのが明日らしくて。今日はほとんどの教科を見せてもらうことになっちゃうけど……」

「ああ、うん。構わないよ」

「ありがと！」

　そう言うと、カレンがレクスの机に自分の机をくっつけた。レクスは戦闘に使う武器について書かれた教科書を真ん中に置いた。

「むぅ……」

　その様子をフィオナは頬を膨らませて羨《うらや》ましそうに見ていた。

「おーい、フィオナー。授業中に後ろを向くんじゃない」

「は、はい！　すみません！」

授業の担当教師、スタルッカ・アイスナーがフィオナを注意すると、彼女はすぐさま前を向いた。

その表情はどこか恥ずかしそうだ。

「ふふっ。面白いんだね、フィオナさんって」

フィオナの一連の言動を見て、カレンはレクスにそう言った。

「あはは……」

レクスはただただ苦笑するしかなかった。


学校が終わり、時刻は夕方。

ここは、カフス地区の地下街にあるカフェだ。

「シルリス学園、だったか？　様子はどうだったんだ？　ロゼール――いや、カレン」

「もう。誰に聞かれてるかわからないのに、不用意に本名で呼ばないでよ」

「すまんな」

そう言って苦笑する男らしい口調の女性はルーティーという。今は、魔法で姿を偽《いつわ》っているが、黒髪のロングヘアーにキリッとした顔立ちが特徴的である。

「シルリス学園の方は、特に変わったことはないわ」

カレンは、首を振って答えた。そこには、ダークエルフ特有の自由奔放《ほんぽう》さが滲《にじ》み出ていると言えるだろう。

　この二人は先日龍人族と同盟を結んだザカライア帝国の住人で、カレンはシルリス学園を調査するために派遣《はけん》されたダークエルフだった。レクスがカレンに対して覚えた違和感の正体《しょうたい》はこれだ。

「そうか」

　ならいいとルーティーが返すと、カレンが思い出したように言う。

「あ、そうそう。ルーティー、聞いて聞いて。シルリス学園に、可愛い子がいたんだよ。ちっちゃくて、仕草の一つ一つが全部可愛いの」

　カレンはキャーと言ってはしゃぐ。レクスのことを相当気に入ったようだ。

「へぇ。そいつの名前は？」

「やだよ～、教えない。教えたら取られそうだもん」

　カレンはあっかんべーをした。

　ルーティーはそんなカレンを見て、ふっと苦笑した。

「まあ別にお前がどうしようと構わんが、任務だけは忘れるなよ？」

「わかってるわよ」

　ルーティーの言葉に「当然でしょ」と頷くカレン。

「わかってるならいい」

「はいはい。ちなみに、他の学園はどうなの？」

カレンは興味津々《しんしん》と言った様子で、ルーティーに尋ねた。

「他の学園は私じゃなくて他の奴に報告することになってるから、事情はよく知らん」

「あ、そうだったね。忘れてた」

てへっ、と舌を出しながら、カレンはおちゃらけた。

「じゃあ、私はそろそろ行くから。任務の方、引き続き頼んだぞ」

「は～い」

カレンの返事を背に、ルーティーはカウンターで会計を済ませてカフェを出ていった。

「ふう。もう一杯頼もっと。すみませーん」

ルーティーを見送った後、カップの中身がないことに気付いたカレンは店員を呼び、今度は違う飲み物を注文した。

＊＊＊

場所は変わり、ザカライア帝国の宮殿内の執務室――

「全員揃ったわね。学園の方がどうだったか、一人ずつ私に報告して」

女帝メルビアナが命令すると、執務室に集まったダークエルフ六人が、それぞれ調査している学園について報告し始める。

「どの学園も異常なしね。わかったわ。引き続き調査しなさい」

「「「「「「はっ」」」」」」

六人は短く返事をすると、執務室を出ていった。執務室に残ったのは、メルビアナただ一人。彼女は、椅子に深く腰かけて足を組むと、ふぅと一息ついた。

「ふふふ、もうそろそろかしらね……」

メルビアナは微笑みながら呟いた。

彼女の頭の中にある計画はここまで順調に進んでいるようで、上機嫌だ。

「龍人は単純だから、今頃痺《しび》れを切らしているかしらね？　このままいけば……ふふふふ！」

こぼれる笑みを抑えきれない。メルビアナは自分の計画が上手くいきすぎていることに興奮していた。

「あと少しよ、あと少し……」

あとは、龍人が動いてくれるだけでいい。そのためにザカライア帝国にはなんの得もない同盟で龍人に情報と安心感を与えたのだ。彼らが動いてくれさえすれば、この計画は成功したも同然。

「人間の領地も、龍人の領地も、ぜーんぶ私達ダークエルフのものなんだから」

メルビアナはニヤリと不気味に笑いながら、そう呟いた。

＊＊＊

レクス、ミーシャ、エレナ、レインは、冒険者ギルドに来ていた。主にステータスとレベル上げのために、簡単な依頼を受けに来たのだ。

レクス達が冒険者ギルドに入ると、何やらいつもと様子が違った。複数の男性が一人の少女を囲んで言い寄っていた。いわゆるナンパというやつだろう。

その少女は困った様子で男性達を見ていた。

「なぁなぁ、いいじゃんよ。ちょっとだけだって」

「い、いえ……結構ですので……」

「そんなこと言わずにさ。俺らと遊んでくれたっていいだろ?」

「え、えと……」

周囲の冒険者は関わりたくないのか、皆知らないふりをしている。よく見れば、その男達は全員体つきがよく、がっしりとしていた。関わりたくないと思うのも当然であろう。

しかし――

「あの、その子が困ってるじゃないですか」

そう声をかけたのは、レクスだ。

「ああ？　なんだ、テメエ。このAランク冒険者のゴラン様に逆《さか》らう気か？」

ゴランは凄みを利《き》かせて言った。

「別に逆らおうだなんて思ってないんだけどなぁ」

レクスが苦笑混じりに呟くと、ゴランが怒鳴る。

「ああ？　聞こえねえよ‼」

「あれ？　レクス君じゃん！」

怒りを露《あら》わにするゴランを遮《さえぎ》るように、囲まれていた少女がレクスの名前を呼んだ。レクスはその声に聞き覚えがあった。よく見てみると——

「カレンさん⁉」

男達に絡まれていたのは、先日転校してきたカレンだった。

「なんでカレンさんがここに？」

「そりゃ、依頼を受けるために決まってるでしょ」

「カレンさんも冒険者なの⁉」

「うん。まだCランクの駆け出しなんだけどね」

ゴランがいることも忘れて、二人はそんな会話を交わす。そのことが、余計にゴランをイラつかせた。

「おい、そこのガキィ！　お前、この俺と決闘しろ！」

ゴランは、ついに怒りが限界に達したのか、そんなことを言い出した。

（決闘か……まあ、この人はそんなに強くなさそうだし、サクッと終わらせればいいか。そうしとかないと、なんか面倒くさそうだし）

レクスはそう考えて、ゴランの申し出を受ける。

「別に構いませんが」

「いい度胸《どきょう》じゃねえか。おい、そこの受付嬢!!　今すぐそこの闘技場を開けろ！」

「は、はいぃ……！」

受付嬢は怯えた声で返事をすると、急いで闘技場の鍵《かぎ》を持ってきて解錠《かいじょう》した。

「おい、お前が試合の審判《しんぱん》もやれ」

「わ、わかりました」

受付嬢はそう返事をして、闘技場に入っていくレクスとゴラン後に続き、闘技場に入っていく。

「おい、見に行こうぜ！」

「ああ、あのいけ好かねえ野郎がボウズにボコられるところを見たいしな」

「やれやれ、あのボウズの強さを知らないとは……Aランク冒険者のゴリラだかなんだか知らんが、ボウズに喧嘩《けんか》を売ったことを後悔するんだな」

この冒険者ギルドに通う冒険者達は、最初レクスを無職だと批判していた。しかし、もの凄い勢いで冒険ランクを上げ、つい最近ではアラクネまで討伐したレクスの実力を認め、今では彼に普通に接するようになっていた。

彼らは、ぞろぞろと二階から闘技場の観客席へ向かった。

＊＊＊

「で、では、早速ルールのせ、説明を……」

「そんなもんはいらん！　とっとと始めろ！」

「は、はいぃ……」

ゴランは先ほどよりもイラついている。

その原因は、レクスが手に持っている木の棒だ。

「ちっ……なめやがって。そんなもんで俺様に勝てると思ってんのかっ！」

「ええ、もちろん」

これは、レクスなりの配慮《はいりょ》なのだ。決して目の前にいる筋肉ゴリ……ゴランをなめているわけではない。

「くっそ！　どこまでも生意気《なまいき》な野郎だ‼」

ゴランははぁ、はぁと息を荒くしながら怒鳴った。

「で、では、始め！」

受付嬢が震えながら試合開始の合図をした。

「死ねえええええぇぇぃ‼」

男は大剣を大きく振りかざして、レクスに勢いよく襲いかかった。


結局、ゴランはレクスの木の棒の一撃で敗北した。

その瞬間、会場は大いに盛り上がり、受付嬢も「いやー、スカッとしました！　ゴランは見事なふっ飛びっぷりでしたね！」などとレクスの手を握って喜んでいた。

現在、レクスは依頼を受けてエレナ、ミーシャ、レインと、ギルドで会ったカレンと一緒にブランカ草原という場所に来ていた。

「拳刃《フィストブレイド》‼」

カレンが拳を突き出すと、魔力が圧縮《あっしゅく》された透明な刃が、兎《うさぎ》の魔物、ホーンラビットに向かって放たれた。『拳術』スキルの一種だ。

「キュ⁉」

ホーンラビットは体を真っ二つに切り裂かれて、絶命《ぜつめい》した。これが最後の一匹だ。

「ふう……一人でこなすよりもやりやすいね」

カレンは一息ついて言うと、レクスが尋ねる。

「いつもソロでやってたの？」

「うん。パーティを組めるような相手がいないし」

カレンはそう言って苦笑する。

レクスはしばらく考えた後、あることを提案した。

「カレンさん、だったら僕達のパーティに入る？」

「え？　いいの……⁉」

レクスの提案に、カレンは目を輝かせて喜びを露わにする。

「エレナ達も、カレンさんがパーティに入っても大丈夫だよね？」

「……うん。カレンなら歓迎する……」

「いいわよ！」

《ご主人、僕もー》

エレナ、ミーシャに加えて、レインも賛成した。異存はないようだ。

エレナ、ミーシャとカレンは女の子同士気が合うのか、出会ってまだ二時間弱だというのに、だいぶ仲良くなったらしい。

「ありがと！」

カレンはレクス達と冒険できるのがよほど嬉しいようで、元気な声でお礼を言った。

「じゃあ、それぞれの依頼を達成した後で、冒険者ギルドでパーティ登録をしてもらうか」

それぞれの依頼とは、レクス達とカレンが受けた依頼のことだ。

カレンはホーンラビットの討伐依頼、レクス達はクイーンビーの討伐を受けていた。

クイーンビーとは、蜂《はち》の魔物であるビーを取りまとめる女王であり、結構な頻度《ひんど》で発生するのでその度に駆除《くじょ》の依頼が出されるのだ。今回は、それをレクス達が引き受けた。

すると――

◇『取る』項目を三つ選んでください

【体　力】５２４８　【魔　力】８７５４
【攻撃力】９６５４　【防御力】４７６５
【素早さ】７５３４　【知　力】６４８０
【スキル】
　『回転攻撃《ドリルアタック》ＬＶ２』『跳躍《ちょうやく》』

『日常動作』スキルの『取る』画面が出現した。

「ん？　さっきまではカレンさんが倒した魔物のステータスを取ることはできなかった

のに……僕とカレンさんが同じパーティメンバーの一員だという認識を互いに持ったかならかな？」

レクスはぶつぶつ呟きながら、『跳躍』と攻撃力、魔力を取った。

続いて、『取る』素材の選択画面が現れたので、レクスは一応全ての素材を選択し、討伐証明になる赤い角だけをカレンに手渡した。

「それにしても、レクス君ってなんでこんなに綺麗に素材が取れるの？　しかも早いし」

「ああ、それは……素材を簡単に取れるスキルがあるんだよ」

「そうなんだ」

レクスは説明するのも面倒なので、そういうことにしておいた。スキルのおかげではあるので、あながち嘘でもない。カレンも納得してくれているのでよしとしようと、レクスは思った。

「これで依頼分の討伐数は達成ね」

カレンは、魔法袋から赤い角を取り出して数えながら言った。

「次は、クイーンビーの討伐だけど、カレンさんはどうする？」

レクス達が受けた依頼はBランクなので、カレンのランクより一つ上のものだ。

「もちろん、ついていくわ」

レクスは即答したカレンに思わず苦笑し、ビーの巣窟《そうくつ》がある場所へ向かった。

「あのー……大丈夫？　カレンさん？」

「『拳刃』！　『拳圧《フィストプレス》』！　『拳槌《フィストハンマー》』‼」

ビーの巣窟にたどり着くと、クイーンビーを守るため、大量のビーが一斉に襲いかかってきた。

カレンはその対処に追われている。

「ああ、もう‼　虫は嫌いなのぉ～！」

カレンは涙目で叫んだ。

(じゃあ、なんであの時ついてくるなんて言ったんだ……カレンさん、無理に強がる必要はないのに)

レクスはカレンが一心不乱にビーを殲滅する様子を見て、溜め息をついた。

「カレンさん！　一旦下がって‼」

レクスがそう声をかけると、カレンは素直に下がる。

「エレナ、やっちゃって！」

「……わかった。『風弾《ウィンドバレット》』……」

エレナの前に風属性の魔力が集結し、複数の弾を形成する。エレナはそれらを巣窟から次々と出てくるビーに向けて射出《しゃしゅつ》した。

「ジジジジジ⁉」

ビーが次々にふっ飛ばされて息絶えていく。レクスの目の前にステータスを取るための画面が忙《せわ》しなく現れ、その度に保留を選択する。

「ギイイィィィ‼」

そんなこんなでビーを撃退し続けていると、甲高い声が巣窟から響いてきた。今までのビーとは明らかに違う。

「あれがクイーンビー……」

巣窟から怒り狂った様子のビーが出てきて、レクスは呟いた。

他のビーよりもかなり大きく、親玉であることが窺える。

「あれは僕がやるよ！」

レクスが勢いよく駆け出す。ビー達はその行く手を阻《はば》もうとするが、レクスの魔力を纏わせた剣の一撃で薙《な》ぎ払われる。

「ギイイイィィィ‼」

クイーンビーは、複数の針をレクスに向かって飛ばした。

「ふっ！」

レクスは風の魔力を集めて、適当に射出する。この程度であれば、詠唱は不要だ。風魔力を受けた針が勢いを失って、地面に落ちた。

（このまま仕留《しと》めるのも良いけど、あれを試してみようかな）

レクスはそう考え、詠唱する。

「光よ、わが手に集まりて一本の鋭い杭《くい》となれ」

そうやって作り出した光の杭に、レクスはさらに一工夫する。

「『伸縮』！」

すると、光の杭が一瞬で伸びて、狙い違わずクイーンビーを貫通し、絶命させた。

『投擲』もそうだが、『伸縮』も魔法に応用が効く。レクスはかねてより考えていたアイデアが成功し、満足していた。

「全く違う系統のスキルを組み合わせるなんて……レクス君、凄いね」

カレンが呟いた。

「ジジジジジィ！」

クイーンビーを倒されたことによって、他のビー達が次々に逃げていく。レクス達はビーを攻撃するが、全ては仕留められず、何匹か逃した。

「ふう……とりあえず、クエストは完了したから冒険者ギルドに戻ろう」

レクスの言葉に皆が頷き、レクス達は冒険者ギルドへの帰路についた。

冒険者ギルドに戻ったレクスは依頼完了の報告を済ませた後、もう一つの用件を受付嬢に告げる。

「あと、こちらの子――カレンさんのパーティ登録をしたいんですけど」

「かしこまりました。少々お待ちください」

受付嬢はそう言うと、奥に引っ込んでいった。しばらくして、羽ペンとパーティ登録用紙を持って戻ってくる。

「こちらがパーティ〝ギデオン〟の登録用紙です。こちらにお名前をご記入ください」

レクスがエレナやミーシャと組んでいるパーティ――ギデオンの登録用紙を受け取り、カレンは名前を記入して受付嬢に返す。

「改めて、これからよろしくね。カレンさん」

「こちらこそ、よろしく頼むね」

レクスとカレンは握手を交わした。

（あれ、そういえばこのパーティ、僕以外男がいないような……）

レクスはふとそんなことを思ったが、気にするだけ無駄だと思考を打ち切った。

こうして、カレンが正式にパーティに加わることになった。

＊＊＊

カレンがギデオンに加入してから、しばらく過ぎた。

「ぐっ……一体いつまで待てばいい!?」

龍人の国レオルグの皇帝――バルテルは、痺れを切らして大声で叫んだ。

あれからザカライア帝国とはずっと話し合っているが、その度に「まだ攻める時ではない」と言われ続け、バルテルは我慢の限界だった。

「……」

傍らに控えるフェイクはバルテルの言葉を聞いても、何を言うでもなくただただ沈黙している。

「フェイク、我は決めたぞ。ダークエルフ族の準備を待たずにセレニア王国に攻め入る」

「承知しました。至急、軍隊を再編成いたします」

「どのくらいかかる?」

「二日ほどかと」

「……そうか」

バルテルは呟くような小さい声で言った。「下がっていいぞ」とバルテルに言われ、フェイクは丁寧に一礼すると、謁見の間を出ていった。

謁見の間には、バルテル一人だけになった。

「ちっ、ダークエルフめ。使えんな……」

バルテルは悪態をついた。ここ最近なんの行動も起こさないダークエルフ族に嫌気《いやけ》が差していたのだ。

だが、レオルグにはダークエルフ族から提供された情報がある。

たとえザカライアの援軍がなくとも、人間風情に負けるはずがないと、バルテルは考えていた。

「ククク……ハハハハハ！」

人間族の領土を手に入れられると思うと、笑いが止まらないバルテル。

いずれ、他の領土へも侵攻《しんこう》する。その足がかりがセレニア王国なのだ。

謁見の間には、バルテルの笑い声がしばらく響いたのだった。

＊＊＊

その三日後——

「龍人が動き出しました」

「そう。町に潜伏《せんぷく》してる者達には？」

「はい。伝えておきました」

オレリア・ザカライアは、女帝メルビアナに伝えた。

つい昨日、龍人族は進軍を開始。オレリアは、それを陰から見届けて、こうしてメルビアナに報告にあがった。

「わかったわ。オレリア。そのまま龍人の動向を探《さぐ》りなさい」

「はっ」

オレリアは、一礼すると執務室を後にした。

「ふふふ……こんな単純な仕掛けにかかるなんて、さすがは龍人。やっぱり脳筋《のうきん》の集まりね」

メルビアナは嘲笑した。

「あと少しで、莫大《ばくだい》な領地が手に入るわ」

メルビアナはそう呟くと、ふふふと再度妖艶に嗤《わら》うのだった。

＊＊＊

「と、統括騎士団長！　大変です‼」

一人の男性騎士が慌てたようにミハイルのもとへやって来た。

「どうした？」

「ド、龍人族の兵がこちらに向かっております！」

男性騎士の言葉を聞き、ミハイルは眉間にしわを寄せて尋ねる。

「……兵の数は？」

「お、およそ四千です」

さらに険しい顔つきになるミハイル。

（四千か……厳しいな。兵の数ではこちらの方がはるかに多いが、個々の力ではあちらが圧倒的に上。これでは戦力が足りない）

ミハイルはそこまで考えて、男性騎士に指示を出す。

「四英雄と、他の冒険者達にも募集《ぼしゅう》をかけてくれ」

「し、しかし……」

「今回ばかりは四英雄の手を借りないわけにはいかない。急いで冒険者ギルドに向かえ」

ミハイルは冷静な口調で告げた。

四英雄とは昔、〝荒事《あらごと》はできる限り自分達で対処する〟と約束していた。最近、アラクネの件で彼らに頼ってしまったばかりだが、今回の敵はアラクネよりも強大だ。

「……わかりました」

男性騎士はそう言うと、走って冒険者ギルドへ向かった。

それを見送った後、ミハイルは近くにいたデトワール魔法師団の団長、ウルマスに告げる。

「ウルマス殿。何人か人員を集めて、住民の避難指示を頼む」

「了解よ」

ウルマスはミハイルの指示を聞いて、人員を集めて住民の避難誘導の準備を始める。

「龍人に、この国を支配されてなるものか……！」

ミハイルは決意を胸に呟いた。

こうして、陰謀渦巻《いんぼううずま》く戦いの幕が上がる。

＊＊＊

「今日は町がやけに騒がしいね」

「うん……」

「そうね」

レクス達はいつも通り冒険者ギルドに向かう途中、町がざわざわしていることに気付いた。王都はいつも賑《にぎ》やかだが、今回は普段とは何か違った印象を受ける。

「おい、龍人がここに侵攻してきてるみたいだぞ。避難しろって言われたらしい」

「そりゃ、やばいじゃねえか……!?　俺達も逃げないと……」

すれ違った男性二人組がそんなことを話していた。

どうやら龍人がこちらに向かっているらしい。

（龍人……まさか、アラクネのゴーレム騒動の時の……）

レクスはアラクネのゴーレムから取れた素材を鑑定した時のことを思い出す。念のため
フィアに報告したものの、レクス自身はさほど気にしていなかった。

「冒険者ギルドに行けば、何かわかるかもしれない」

冒険者ギルドには、そういった情報が比較的に早く伝わる。

それに先ほどの話が本当だとすると、国を守る立場にあるフィアが危《あぶ》ないかもしれない。

「……行こう、レクス」

「うん」

エレナに促され、レクスは小走りで冒険者ギルドへ向かった。


「あれ、意外と静かだね」

「うん……」

エレナが不思議そうな顔で頷いた。

町とは対照的に、冒険者ギルドは普段よりも静かだ。

「おお、レクス。久しぶりじゃねえか」

レクスが声の方を向くと、レクスの顔見知りで、四英雄と呼ばれる王国最強の冒険者の

一人、リューが片手を上げていた。欠伸《あくび》をしているあたり、マイペースなリューらしい。

「リューさん！　それに他の皆さんも！　どうしてここに？」

リューの他にも、四英雄の残りの三人、ローザ、エル、ダミアンが来ており、レクスに向かって手を振っていた。

レクスは以前、この四人に訓練をしてもらっていたが、その後はしばらく会っていなかった。それはリュー達が仕事で王都を離れていたからだったのだが、仕事の詳細はレクスにはわからない。

「俺達がここにいる理由は、今から説明があると思うぞ」

癖《くせ》っ毛のダミアンが言った。実は、四英雄達も詳しい事情を聞かされていなかった。

「待たせてすまない」

そう言って、二階から下りてきたのは、ここのギルドマスターであるオーグデンだ。

「改めて、皆集まってくれてありがとう」

ここにいる冒険者達はギルドの緊急の呼びかけに応じて来た者がほとんどだった。

「早速で悪いが、本題に入らせてもらう。統括騎士団長の方から、緊急討伐依頼が入った。対象は――龍人だ」

オーグデンはそこまで一気に言うと、少し間を置いてさらに言葉を紡《つむ》ぐ。

「これは強制ではない。逃げたい奴は逃げてもいい。自分の命が惜しいのは、当然だからな。それでも、この依頼を受ける奴はここに残ってくれ」

オーグデンはそう言った。

しかし――

「自分の国がやられるってのに、黙って見てられっかよ！」

「俺はここを奪われたくねぇ‼」

「そうだそうだ！」

逃げる者は一人もいなかった。皆、オーグデンに対し、思いの丈《たけ》をぶつける。

「……そうか。あと、追加でもう一つ。この戦いで協力してくれた者には褒賞金《ほうしょうきん》が出るそうだ。皆、絶対に生きて帰ってこい」

オーグデンはふっと笑った後、そう口にした。

皆は「わあぁ‼」と一斉に盛り上がった。

本当はそんな雰囲気ではない。皆恐怖心を忘れるために、声を張り上げているのだ。

「討伐に向かうのは明日だ。各自、準備を怠《おこた》るなよ」

冒険者達は再び叫んで応えると、やがて冒険者ギルドを出ていった。

「坊主、お前も行くのか？」

冒険者達がいなくなった後、オーグデンはレクスに尋ねた。

「ええ」

レクスはフィアを助けたい。

アラクネ討伐の時は、あと一歩遅ければフィアは命を落としていたのだ。今回はそんなことにならないよう今すぐにでも飛び出していきたい。だが、準備は大切だ。

「そうか。坊主なら大丈夫だとは思うが、無理はするなよ」

止めても無駄だと判断したオーグデンは、そう言った。

「うん」

「いざという時には、私達がいるからね」

ローザがレクスを安心させようと、彼の肩に手を置いた。

こうして、龍人を迎えうつ準備は着々と進んでいった。

＊＊＊

翌日——

「集まってくれた冒険者達に改めて礼を言わせてもらう」

王都の門の前にある広場にて、ミハイルは集まった冒険者達に告げた。その中にはもちろん、レクス達もいた。

「フィアさんはどこにいるんだろう?」

人数が多くて、レクスはなかなかフィアを見つけられていなかった。

ミハイルは続ける。

「この戦いは非常に厳しいものになる。だが、負ける気はさらさらない。このセレニア王国を奪われたくないからだ。皆、この戦い、なんとしてでも勝とう」

「「「「おおおぉぉぉぉ‼」」」」

冒険者達が叫んだ。

正門の前ということもあり、鬨《とき》の声はユビネス大森林帯の方まで響いたことだろう。

「私からは以上だ。各自戦いに備えてくれ」

ミハイルがそう言うと、冒険者達はそれぞれ散らばった。レクスもフィアを探そうと動き出す。

すると――

「あれ、レクス⁉　それにエレナもミーシャも！　なんでここに⁉」

フィアが驚いた声を上げながら、レクス達のもとに駆け寄ってきた。

「なんでって、冒険者だし……」

レクスは上手く言い訳できず、口ごもる。

「全然理由になってないよ！」

フィアにしては珍しく、怒ったように強い口調でレクスに言った。

彼女はわずかに逡巡した後、さらに言葉を紡ぐ。

「どうして逃げなか……」

「もう、大切な人を失いかけるようなことになりたくないから、ここに来たんだ」

「…………」

レクスの言葉を聞き、今度はフィアが黙ってしまった。

そして、彼女の胸の奥に何か温かい感情が込み上げてくる。

「そう……まあ、アラクネの件で私より強いことはわかったから、大丈夫だろうけど……無茶はしないでね」

「うん」

「いい？　絶対よ？」

「わかったよ」

フィアはレクスの返事を聞くと、渋々といった感じではあるが納得し、ディベルティメント騎士団の方へ戻っていく。

「ねえねえ、レクス。かっこよかったわよ、今の。〝もう、大切な人を失いかけるような……〟」

「わぁ！　ミーシャ！　僕の真似をしないで！」

レクスがミーシャの言葉にかぶせるように叫んだ。

そのやり取りを微笑ましく見守るフィアやディベルティィメント騎士団の面々。

エレナも苦笑していた。レインは、《ご主人、必死だねー》などと呑気《のんき》に言っている。

「あんな子供がここに……大丈夫なのかしら。これは遊びではないのよ？」

そう口にしたのは、ファティス弓師団の団長、エネーア・スタインズだ。普段、あまり感情を顔に出さない彼女であるが、今は眉間にしわを寄せていた。

「ああ、なんつーか、緊張感がまるでねえっていうか」

エネーアに同意したのは、ルーウェイン薬師団団長、エリシア・クヴェタである。男っぽい口調だが、女性だ。

「そもそも冒険者達を呼ぶこと自体、間違ってるのよ。統率《とうそつ》はとれないわ、状況を考えず突っ込むわで大変だし」

「まあまあ、エネーア。俺達だけじゃ、戦力が足りないんだ。協力してくれるだけいいじゃんか」

「ふん、どうだか」

二人以外にも、レクスのような冒険者をよく思っていない人はいる。むしろ、そっちの方が多いくらいだ。

しかしそんな微妙な雰囲気は、突如もたらされた知らせにより、急変する。

「龍人族が来ました‼」

龍人族の軍隊はユビネス大森林帯から堂々と出てきて姿を見せた。

「おい、人間共！　一応言っておいてやるよ！　領土を今すぐ我らに引き渡せ‼　そうすれば、命だけは助けてやるよぉ！」

悪意たっぷりの笑みを顔に張りつけて叫んだのは、龍人軍を統括しているらしき者だ。

「我々は、断じて投降《とうこう》などせん。徹底《てってい》抗戦するまでだ」

ミハイルは確固《かっこ》たる決意が滲む口調で、そう返した。

「そうか……じゃあ死ね」

ギュン‼

「⁉」

龍人軍のリーダーは一瞬にして、ミハイルの前まで移動した。スキル『縮地《しゅくち》』である。

ミハイルが剣を抜こうとするが、あちらが剣を振り下ろす方が圧倒的に速かった。

油断したとミハイルが思った瞬間――

ガキイイイイィ――――――ン‼

「ぬっ⁉」

龍人軍のリーダーの剣は弾き返された。

龍人は、思わず驚いて後退する。

「動きが圧倒的に遅いね」

そう言ったのはレクスだった。

「あ、あれは先ほどの子供……いつの間に⁉」

「は、速い……」

レクスのあまりの速さに、その場にいた全員が驚いていた。

「大丈夫ですか？　怪我はありませんか？」

レクスが後ろを向いてミハイルに尋ねると、ミハイルは若干戸惑いながら答える。

「あ、ああ。大丈夫だ。助かった」

「ぐっ……あんな小童《こわっぱ》ごときに、俺の剣が……！」

一方、剣をいとも容易く弾き返された龍人は、怒りに身を震わせていた。ちなみに先ほどレクスが使ったのは、彼のスキル『日常動作』が一つ、『守る』である。

「ふっ！」

先ほどの龍人が、再び『縮地』で迫ってくる。しかし――

「なっ⁉　どこに……⁉」

龍人が剣を振り下ろそうとした時には、既にレクスの姿はなかった。

「こっちだよ」

「ぐわあああぁぁぁ⁉」

レクスがミスリルの剣を横薙《よこな》ぎにすると、龍人はそれを横腹に食らい、そのまま吹っ飛

んでいった。

「す、凄いわね……」

「あ、ああ。ありゃあ、別格だ……」

先ほどまでレクスを馬鹿にしていたエネーアとエリシアも、レクスの圧倒的な強さにただただ驚くばかりだ。

「ぐっ……くっ、そ………」

龍人軍のリーダーは呻き声を上げると、力尽きて倒れた。血が腹部から流れ出ている。力が未知数である異種族は、生かしておくとどうなるかわからないため、下手《へた》に手加減できない。

レクスは心の中でごめんと謝った。

「た、隊長⁉　く、お前ら、あいつを殺せぇぇぇ‼」

副隊長の龍人のその声をきっかけに、龍人軍は「おおおぉぉぉ‼」と雄叫びを上げて突っ込んできた。

「ぐほぉ⁉」

「があぁぁぁ‼」

「がはっ……⁉」

レクスは向かってくる龍人達を次々に倒していく。

しかし、段々対処が追いつかなくなってきた。

「我がもとに集うは炎……眼前に広がる敵を……残らず焼き尽くせ……『大火炎陣《グレートフレイムサークル》』！」

エレナが詠唱すると、直径四十メートルの巨大な赤い陣が出現した。

そして、次の瞬間——

ドガアアアァァァァン‼

その陣を中心に大爆発が起きた。

「「「「ぐわあああぁぁぁ⁉」」」」

龍人達の悲鳴が響き渡る。

「エレナ、ナイス！」

レクスの声に、エレナは親指をグッと立ててどや顔した。

「兵士諸君も、あの少年達に続け‼」

「おおおおぉぉぉぉ‼」

ミハイルの合図で、兵士達は叫び声を上げて龍人達の軍勢に突っ込む。

徐々に龍人達が押され始めた。

「ちっ！　こうなったら……！」

副隊長の龍人は、懐《ふところ》からオカリナのような形をした笛を取り出し、鳴らす。

ピイイイイイィィィィ‼

甲高い音が戦場に響いた。

「な、なんだ⁉」

人間の兵士達が驚いて周囲を見回す。

すると、木や岩の陰から龍人達が次々に現れた。その数は二千……いや、三千に達するかというほどだ。

「くっ……！　まだ潜《ひそ》んでいたとはっ！」

ミハイルは歯噛《はが》みして呟いた。

「やらせると思うか？」

その時、四英雄が一人、リューが普段の気《け》だるそうな声音とは違って重みのある口調でそう言い、前に出る。

「『大気斬《たいきざん》』‼」

リューが剣を横に一振りすると、大気が三日月形《みかづきがた》に収束し、もの凄い勢いで放たれた。

不可視《ふかし》の斬撃《ざんげき》が龍人の首を一気にはね飛ばす。

「『豪電撃《ヒュージエレクトリック》』‼」

今度はローザが、魔法で電撃を浴《あ》びせる。

「……『投擲・落』」

エルが空に向かって二本のダガーを投げると、ダガーは何本も複製されて、龍人に向かって落ちていく。

「ふっ‼」

ダミアンは他の三人のようなスキルはないため、力と技術でごり押しだ。彼の右手には、緋緋色金《ひひいろかね》の剣が握られている。

四英雄の活躍で、次々にやられていく龍人達。彼らは焦りを覚え始めた。

「『守る』‼」

ドカアアァァァァアン‼

レクスは足元に転がってきた爆弾を覆うように、『守る』スキルを発動。爆弾はその障壁の中で爆発し、被害を出すことはなかった。

「仲間も巻き添《ぞ》えにするつもりだったのか……！」

龍人族の卑劣《ひれつ》な戦い方に、レクスは憤《いきどお》る。

エレナやミーシャ、レインは龍人相手に奮闘《ふんとう》していた。

戦いはだんだんと泥沼《どろぬま》化していく。


「ぐっ……‼　お前ら、撤退《てったい》だ！　撤退しろー！」

副隊長の龍人が叫ぶと、龍人の兵士達は人間達を憎悪《ぞうお》の目で睨みながら、指示に従った。

龍人達は全員が傷だらけで、無傷の者はいない。

「か、勝ったぞー‼」

誰かがそう宣言すると、「うおおおおぉぉぉぉ‼」と一気に盛り上がる人間の兵士達。身体能力が人間とは段違いの龍人に勝つことは、歴史上稀に見る快挙だ。喜ばないわけがない。

「『回復』！」

レクスは、傷ついた兵士達を回復する。大怪我していた者の傷はたちまち癒《い》えていく。

「す、凄い……回復まで……」

「もうなんでもありじゃねえか……」

エネーアとエリシアは、自分の傷が癒えていくのを見て呟いた。

「相変わらず凄いね、レクスは。いてててて……」

フィアは、癒えていく傷口を見ながら、レクスに笑いかけた。

その後、兵士達を癒し終えたレクスの前に、画面が現れた。

◇『見る』を使用しますか？　はい／いいえ

レクスが首を傾げながらも「はい」を選択すると――

「⁉」

何やら近くの岩陰《いわかげ》に何者かが多数潜んでいるのがわかった。その姿かたちを見るに、明らかに龍人ではない。

（まずい‼）

「『守る』‼」

兵士達はレクスが突如障壁を展開するスキルを発動したことに戸惑う。

その瞬間、どこからか上空に氷の矢が撃ち上げられ、それらが一斉にレクス達のもとに降り注いでくる。

ガキガキガキガキガキ‼

「なんだ⁉」

レクスが張った透明な障壁に弾かれ、地面に落ちる矢を見て、誰かが叫んだ。

統括騎士団長のミハイルがあたりを見回す。

（まだ龍人が潜んでいるのか？）

しかし――

「あらぁ、そこのボウヤ。よく気付いたわね。気配は消していたはずなのだけど」

そう言って木の陰から姿を現したのは、褐色《かっしょく》の肌に長い耳、銀髪が特徴的な女だ。その後ろからぞろぞろと同じような見た目の者達が出てくる。

「ダークエルフ族……！　くそっ……まさかこんな時に！」

ミハイルはギリッと歯噛みしながら、呟いた。

先ほどの女性が詠唱する。

「我が手に集いし闇よ、我が敵の精神を蝕《むしば》め……『侵食《しんしょく》』！」

その魔法の矛先《ほこさき》は――レクスだ。

ドクン！

「ぐっ……⁉」

レクスは身体が急激に重くなり、目の前が真っ暗になった。

気が付くと、レクスは何もない真っ白な空間にいた。
『無職なんて、この家にはいらないよ』
『ま、待って、フィアさん！』
レクスは背中を向けて去っていくフィアに、手を伸ばす。しかし、届かない。
『……職業を四つ持ってるなんて気持ち悪い』
『こっちに近寄るんじゃないわよ！』
『お兄ちゃん、じゃあね』
《ご主人とは、ここでお別れだね》
『エレナ、ミーシャ、ミア、レイン！　お願い、待って！』

だが、レクスの声に耳を傾《かたむ》けることなく、エレナ達は去っていく。レクスは手を伸ばすが、やはり届かない。いくら身体を動かそうとしても、動かない。

その後も、レクスと親しい者達が、彼に呪詛《じゅそ》の言葉を吐き捨てていく。

ついに、レクスの心が折れた。

「うわあああぁぁぁぁ！」

レクスは泣き叫んだ。恐怖、不安、悔しさが彼の心に入り込む。

（……もう……誰も信じたくない……）

レクスは完全に心を閉ざしてしまった。


「うわあああぁぁぁぁ！」

突如苦しそうな表情でレクスが叫び出した。

「レ、レクス⁉」

「……レクス！」

《ご主人⁉》

ミーシャとエレナとレインは、レクスの苦悶《くもん》の声を聞いて驚いた。

気絶して倒れるレクスのそばにすぐさま駆け寄る二人と一匹。他の冒険者や兵士達もレクスに何が起こったかわからず、戸惑う。

「おい、嬢ちゃん達。ボウズをちょっと見させてくれ」

エレナ達の後ろから、オーグデンが声をかけた。彼の職業は『鑑定士《アプレイザー》』で、人や物の状態を分析することに長《た》けている。

「『全鑑定《ぜんかんてい》』！」

オーグデンがスキルを発動すると、彼の目の前に画面が現れた。

◇精神状態異常系統魔法『侵食』
トラウマを掘《ほ》り起こすような記憶を捏造《ねつぞう》し、相手に見せることで、心を閉ざさせる魔法。

「くっ厄介な……『分析』！」

続けてスキルを発動すると、大量の情報がオーグデンの脳内に流れ込む。

◇『侵食』を解除するために最適な魔法は、精神作用系統魔法の『心癒《しんゆ》』です。現在使用できるのはダークエルフ族、セイレーン族のみです。

「なんてこった……！」

分析の内容を見る限り、レクスを治療《ちりょう》するのは難しい。心癒は種族特有――つまり、職業に関係なくある特定の種族が所持しているスキル魔法のようだ。

「人間族の領地は、私達ダークエルフがいただくわ！」

ダークエルフ軍を統括しているらしき女性がふふふと妖艶に笑う。

形成が一気に逆転した瞬間だった。

＊＊＊

「うぅ……私は一体どうすれば！」

レクスがピンチに陥っている頃――

カレン――もとい、ダークエルフ族のロゼールは悩んでいた。彼女は戦場から少し離れた場所にいる。ロゼールは彼女が気に入った人間、レクス達と共に戦うか、ダークエルフ族側についてく戦うのか、いまだに決められずにいた。

レクス達と過ごした日々はロゼールにとって存外、悪くなかった。むしろ、心地《ここち》好かったのだ。

それに――

「あんなに可愛いレクス君……いや、レクスの苦しむ顔は見たくない」

ロゼールもレクスの可愛さの虜《とりこ》になってしまったのだ。

「見つけたぞ、ロゼール。ここで何をやってるんだ」

その声を聞いてロゼールが後ろを向くと、そこにはルーティーがいた。シルリス学園での活動を報告していたロゼールの上司にあたる人物である。

「戦いにも参加せず、ほっつき歩いて……何か理由でもあるのか？」

「少し下見をしていただけよ」

「下見をする必要もないくらい、お前はこのあたりによく来てただろう？　全く……まあいい。とりあえずついてこい」

「……は～い」

ルーティーに言われ、ロゼールは彼女についていく。俯きがちなロゼールを見て、ルーティーは不思議に思い尋ねる。

「どうした、ロゼール？」

ルーティーが心配そうに声をかけると、ロゼールは少し間を置いてから顔を上げる。

「…………決めた」

「なんだって？」

次の瞬間――

「『五連撃』!!」

「なっ!?」

ロゼールは懐に隠し持っていた愛用の魔銃《まじゅう》を取り出して、スキルを発動した。

「ぐふっ……！」

腹に魔弾《まだん》をくらったルーティーは、呻《うめ》き声を上げると、その場に倒れる。

「ロ、ロゼール……」

「『重力撃《じゅうりょくげき》』！」

ロゼールは魔銃でルーティーを殴《なぐ》りつける。

ドパァン‼

「ぐはぁっ……」

今度こそ、ルーティーは気絶したようだ。殺さないように、力加減はした。せめてもの情けである。

「待っててね、レクス」

ロゼールはそう呟くと、急いで戦いの場へと走って向かうのだった。

＊＊＊

レクスが精神魔法かけられてから、戦況は悪化した。他の兵士達も精神状態異常系統魔法によって、ダウンしている。

「『冷気斬《れいきざん》』！」

リューが冷気を纏った斬撃を繰り出し、ダークエルフを氷づけにする。しかし、くらったのは数名だけで、身のこなしが軽い者にはかわされてしまう。

「……『複製』『投擲・爆発』」

「我の手に集うは風。敵を拘束《こうそく》し、無力化せよ……『風鎖《ウィンドチェーン》』」

「『身体強化』」

エルはダガーを複製して投擲し、ローザは、風の鎖《くさり》をダークエルフ族の足元に出現させ、ダミアンは自身の能力を底上げして斬りかかる。

そこにオーグデンが加わって何人か倒すが、決定打にはならない。

「「「「天に集結せし魔力よ……一つになりて敵を穿《うが》つ大きな塊となれ……『大塊落《たいかいらく》石《せき》』」」」」

ダークエルフ達が五人揃って詠唱し、集団魔法を発動した。

あっという間に、大きな岩のようなものが形成されていき、人間側に落とされる。

「全員、避けろ!!」

ミハイルがいち早く気付いて大声を出すと、兵士達があわてて走り出した。

しかし――

「うわあああぁぁぁぁ!!」

多数の兵士が巻き添えになった。大きな岩は地面に落ちると、バラバラに砕《くだ》けた。所々から血が流れ出している。

「けほっ、けほっ……こりゃ、やべえな……」

リューが咳き込みながら呟いた。砂煙《すなけむり》が気管に入ったのだ。

(せめて、あのガキが目覚《めざ》めてくれりゃ、戦況も変わるんだろうがな……)

リューがそんなことを考えていると、砂煙の中から剣を持ったダークエルフが、突っ込んできた。

「ふっ！」

リューの反撃を受け、ダークエルフはバランスを崩す。その隙をついて、リューが斬り込んだ。

「『闇剣《ダークソード》』！」

だが、それを待ってましたと言わんばかりに、ダークエルフがスキルを発動する。

リューの眼前に闇属性の剣が迫る。

キイイイイィイン‼

「えっ……⁉」

リューに剣を弾き飛ばされたダークエルフは、間抜けな声を出した。

「はっ！」

「ギャアアアァァァ⁉」

リューの剣に切り裂かれ、ダークエルフは悲鳴を上げて倒れた。しかしひと息つく暇もなく――

ドパアアアァァアン！

「あぁ、次から次へと……！　めんどくせえなぁ！」

リューはギリギリで魔弾を避け、叫んだ。

＊＊＊

「ちょっと、そこ‼　どいてぇ！」

戦場に到着したロゼールが倒れているレクスのもとに駆け寄る。そのあまりの剣幕《けんまく》にレクスを見ていたオーグデンは、さっとどいた。

「レクス！」

「ああ、レクスはさっき『侵食』って魔法をくらってな。それっきりこんな状態だ」

オーグデンの説明を聞き、ロゼールは呟く。

「『侵食』……」

（ってことは、『心癒』が必要……でもそれを使えば……ええい、そんなことを考えてる暇はない！）

　ロゼールは迷いを振り払い、詠唱する。

「彼の者に安らぎと安息《あんそく》の地を与えたまえ……『心癒』！」

「なっ⁉　その魔法は……」

「カレン……やっぱりあなた、人間じゃなかったのね。なんか違和感があるなって思ってたのよ」

「うん……」

　オーグデンは驚き、ミーシャとエレナは納得したように頷いた。

『うん……？　なんだろう、これは？』

　レクスの心が途端に温かくなった。すると、捏造された記憶が破壊され、本来の記憶が浮かび上がってくる。

『レクス、こっちおいで？』

『……レクス……大好き……』

『魔力をもっと吸わせなさいよ！』

『わ、私だけのお兄ちゃんなんだからね！』

《ご主人、こっちに何かあるよ！》

（フィアさん、エレナ、ミーシャ、ミア、レイン……そうだ、皆が裏切るはずがない。僕が皆を信じてやらなくちゃ、ダメだ）

その瞬間、レクスの体が光った。

「ん、んんっ……」

「……レクス、起きた……！」

「ほんと、心配させないでよね」

《ご主人、よかったぁ》

レクスが目を覚ますと、エレナとミーシャとレインは皆一様に安堵した。

「ボウズ、目を覚ましたか！」

「オーグデンさん……あれ、カレンさん……どうしてここに……」

「それについては、終わったらきっちりと話してもらうわ」

ミーシャはそう言って、ロゼールを見た。彼女の顔には陰があり、どこか落ち込んでいるような様子だ。

「そうか……わかった。それで、今の戦況は？」

「……かなり厳しい。でも、レクスなら……いける。私達もサポートする……」

エレナはレクスに答えた。

「じゃあ、いこうか。この戦いに終止符《しゅうしふ》を打とう」

レクスの声にエレナ達は頷いて、再び戦場に向かうのだった。

＊＊＊

「遅い」

軍を統括するダークエルフ――グラーティは呟いた。ロゼールも、彼女を呼びに行ったルーティーも戻ってきていない。今、部下の一人に様子を見に行かせているところである。

「グラーティ様！　大変です！」

部下のダークエルフが帰ってきた。何やら焦っているようだ。

「ルーティー様が倒れていました！　ロゼール様の姿も見当たりません‼」

「ちっ……ロゼールめ。逃げやがったか。まあいい。たかだか小娘一人いなくなったところで、我々の勝利は揺《ゆ》るがん。で、ルーティーはどうした？」

「今は、治療室で寝かせております」

「そうか。わかった、下がっていいぞ」

「はっ」

そう言うと、部下のダークエルフはグラーティのもとを離れた。

「ああ、もう少しです……メルビアナ様……」

グラーティは潤《うる》んだ瞳で呟いた。

＊＊＊

「『飛翔』！」

レクスはスキルで空を飛んだ。当然、目立つ行動なので、ダークエルフ族にもすぐに見つかってしまう。ダークエルフの一人が呟く。

「あれはさっきの人間の少年……確か、グラーティ様の『侵食』で意識を失ってたはず。あの魔法はダークエルフ族か、セイレーン族にしか解除できない。まさか……」

「遠距離攻撃、放て‼」

司令官のかけ声を聞き、そのダークエルフは自分の弓に魔力の矢をのせて放つ。

「『守る』！」

しかし、全てレクスの生み出した障壁に阻まれてしまった。

「これもついでに『防御支援《しえん》』！」

レクスは、人間の兵士達全員に『防御支援』をかけた。これで彼らの防御力はだいぶ底上げされたはずだ。

「ぐわあぁぁぁ……って痛くない？」

今まさに攻撃を受けた兵士は、痛みがないことに驚いている。

「も、もう一度、放て！」

「『守る』！」

キンキンキンキンキン‼

再び放たれた魔力を矢をレクスは全てはね返し、スキルを発動する。

「『掘削・改』！」

「ギャアアアァァ⁉」

足元に穴が空《あ》き、ダークエルフたちは雪崩れ込むように落ちていく。

レクスはたたみかける。

「水と風よ……今交わりて、敵を穿つ刃となれ……『散風水刃《スプロウルブレイド》』！」

水の刃が不規則な動きをしながら、ダークエルフに向かう。風で加速させているため、威力も上がっている。

ダークエルフ達は悲鳴を上げながら倒れ、一気に数が減った。

「それにしても、さっき僕にかけた精神魔法を連発すれば、ダークエルフが一気に優位に立てると思うんだけど……」

レクスはふと、そんなことを考えた。

「ぐわあぁぁぁぁ‼」

ちょうどその時、ダークエルフ族の精神魔法によって、人間の兵士が一人やられた。

レクスが観察していると、精神魔法を使ったダークエルフは砂煙に紛《まぎ》れて後ろに下がっていった。

「まさか！」

レクスはあることに思い至り、ダークエルフの遠距離魔法を避けながら魔法を発動する。

「『爆風《ブラスト》』！」

砂煙が晴れて、明瞭《めいりょう》になっていく景色。そこには――

「やっぱりそうか……」

治療室らしき場所で、魔力を補充《ほじゅう》しているダークエルフの姿があった。莫大《ばくだい》な魔力を消費する精神魔法は、そう易々《やすやす》と連発できるものではなかったのだ。

他の人間の兵士達もそれに気付いたようで、ダークエルフの魔力補給所に向かって走り出す。

ダークエルフ達はなんとか防ごうとするが、精神魔法を上手く使えなくなったダークエルフ軍は、あっという間に崩壊《ほうかい》していく。

「くっ……！　くそがあぁぁぁぁ‼」

グラーティの叫び声がこだました。

これで人間族の勝利が確定したかのように思えた。

しかし――

「これだけは使いたくなかったが、仕方ない。皆、私から離れろ！」

グラーティの指示に従ってダークエルフ達がその場から離脱《りだつ》すると、グラーティが絶叫《ぜっきょう》する。

「うおお……うがあぁぁぁぁぁ‼」

すると、グラーティの全身を茶色の毛が覆い、彼は四本足で地に立った。身体は巨大化し、十メートルほどになっている。スキル『魔物化《まものか》』である。

「グルアアアァァァァ‼」

「「うわあああぁぁぁぁ‼」」

魔物化したグラーティの叫び声を聞き、人間の兵士達は逃げ出した。

だが、レクスは冷静だった。

「『発散』‼」

「グルアアァァァァ⁉」

レクスが相手の魔力を強制的に排出《はいしゅつ》させる『発散』を発動すると、グラーティはあっけなく元の姿に戻り、地面に倒れたのだった。

「てっ、撤退だぁ！　撤退しろぉ！」

　部下に支えられながらようやく立ち上がったグラーティの声を合図に、ダークエルフは逃げ出した。

「こ、今度こそ……か、勝ったぞ！」

　誰かが叫び、その声に「おおぉぉぉぉ‼」と兵士達が呼応した。ハイタッチしたり、互いに抱き合ったりして、勝利を噛みしめている。

「レクス、良かったわよ」

「……ん。レクス、大活躍だった……」

「いや、ミーシャとエレナの援護《えんご》があってこそだよ。それに、レインも。ナイス援護。カレンさんも、ありがとう」

　レクスはレインの頭を撫《な》でながら言った。

「え？」

　ロゼールは驚いたようにレクスを見る。

「あの魔法かけてくれたの、カレンさんでしょ？」

「う、うん。でも、気絶していたのになんでわかったの？」

「流れてくる魔力がカレンさんの魔力に似てたから」

「そ、そっか……」

ロゼールが少し照れ臭そうに呟いた。

レクスはその時、ミーシャが「終わったらきっちりと話してもらうわ」と言っていたのを思い出した。

そのことについてレクスが尋ねようとした瞬間――

「レクスウウゥゥゥゥ！」

「おわっ⁉」

フィアがいきなり抱きついてきて、レクスは体勢を崩す。

「良かった、レクス……！　良かった、無事で……！」

「ご、ごめん、心配かけて……」

「ほんとよ！　あの時レクスが死んじゃったらどうしようって慌てたんだからね‼」

「ほ、ほんとにごめん……」

フィアの頬を流れる涙を見て、レクスはただ謝ることしかできない。彼女にそれだけ心配させたことに、申し訳なさで心がきゅっとなった。

「カレンさん、ミーシャが言ってた、終わったらきっちり話してもらうってどういうこと？」

フィアが落ち着きを取り戻した後、レクスはロゼールに尋ねた。

「ああ、えーっと……それは、見てもらった方が早いかな」

そう言うと、ロゼールの姿がグニャリと歪《ゆが》み、耳が長く伸びて髪が銀髪になった。もともと褐色だった肌の色はそのままだ。

「ダークエルフだったんだね……」

それを見たオーグデン達は身構えるが、レクスはどこか納得したように頷いた。

ロゼールは毒気を抜かれたように言う。

「あれ？　もっと驚くものだと思ってたんだけど……」

「いや、カレンさんが転校してきた日に、実はちょっと違和感があるなって思ってたんだ。その謎が解けて、むしろすっきりしたよ」

「そうだったんだ……じゃあ、なんでその時に誰かに言わなかったの？」

「世の中にはそういう人もいるのかなって。それに、カレンさんは悪い人に見えなかったしね」

レクスがそう言って苦笑すると、ロゼールはなおもレクスに聞く。

「わ、私はレクスを騙《だま》そうとしたんだよ！　ダークエルフ族のために……」

「でも、こうして助けに来てくれた。それだけで十分だよ」

「!?」

ロゼールはレクスの言葉に戸惑いを隠せない。思わず涙がこぼれた。

「カレン、と言ったか。ちょっと冒険者ギルドまで来てくれ。聞きたいことがある」

「ちょっと待って。それなら私達騎士団が……」

フィアがオーグデンに何か提案しようとするが、彼はそれを遮る。

「いや、大丈夫だ。冒険者ギルドの方が近いし、騎士団は疲弊《ひへい》しきっているだろうから、ゆっくり休んでもらいたい」

「……わかった。じゃあ、そうさせてもらう」

「ああ、後程騎士団にも報告させてもらおう」

フィアはオーグデンの返事を聞くと、団員達のもとへ戻っていった。

「カレン、ついてこい」

ロゼールは素直にオーグデンの後についていく。

「あの、オーグデンさん！　僕達も同席させて！」

「ダメだ……と言いたいところだが、ボウズ達も知っておいた方がいいかもな。わかった、同席を認めよう」

レクスは、オーグデンに礼を言って、彼の後に続く。

こうして、種族間戦争は一段落したのだった。

事情説明を終えた後——レクス達はネスラ家への帰路についていた。

「カレンさん……いや、ロゼールさんって呼んだ方がいいのかな？　その……本当に大丈夫？」

「うん。別に特に仲の良い子はいなかったからね。あと、カレンでいいよ」

レクスはロゼール――もとい、カレンの同族を殺《あや》めたことを気にしていたが、彼女の言葉を聞いて少しホッとした。

カレンは、ダークエルフ族と龍人族の双方《そうほう》が人間族の領地を狙っていたこと、利害関係の一致から同盟を結んでいたこと、ダークエルフ族が龍人族を騙して利用していたことなどを説明した。

これを聞いたオーグデンは、驚きの表情を浮かべていたが、カレン自身に危険はなさそうだと判断し、レクス達と一緒に帰ることを認めた。

「着いたよ。ここがフィアさんの屋敷だ」

「へぇ、ここが……でかいね」

「かなり大きいよね。ただい……うぉ⁉」

ドドドドドドド‼

レクスが玄関のドアを開けると、奥から六人のメイド達が勢いよく走ってきた。

「三人とも、無事ですか⁉」

シュレムが凄い剣幕で尋ねてくるので、レクスは困惑する。

「シュ、シュレムさん、落ち着いて。この通り無事だから」

シュレムはほっと息を吐くと、安心したのか、涙を流し始める。

「ふふふ……私ったら、みっともないですね」

シュレムは自分のポケットからハンカチを取り出すと、涙を拭《ふ》いた。

「心配かけて、ごめんなさい」

「……ごめん」

「ごめんなさい」

レクスとエレナとミーシャが申し訳なさそうな顔で謝った。ミーシャには大して反省の色は見えないが。

「本当に心配したんですからね。レクス君もエレナちゃんもミーシャちゃんも、無茶をしすぎですっ」

「ご、ごめんなさい……」

再び頭を下げるレクス達。

他のメイド達もシュレムの言葉にうんうんと頷いている。

「ところで、レクス君。後ろにいるのは……ってダークエルフ!?」

「ああ、この子はカレンさんといって――」

レクスはこれまでの経緯を説明した。シュレムも最初は警戒していたが、レクスの話を聞いているうちに肩の力を抜いた。

「なるほど。カレンちゃん。ありがとうございます、レクス君を助けてくれて」

「い、いえ、そんな……」

カレンは照れたように呟いた。

彼女を微笑ましく見守りながら、レクスは尋ねる。

「シュレムさん。フィアさんは今どちらに？」

「ああ、フィアお嬢様でしたら、まだ戻られておりません。それより四人ともお腹空《なかす》いてませんか？　レインも」

シュレムが聞くと、全員のお腹が〝ぎゅ〜〜〜〜〜〜〟と鳴った。

「ふふっ、もう、仕方ないですね。食堂に料理を用意してありますから、来てください」

シュレムの言葉に、四人と一匹は嬉々《きき》として食堂に向かった。


レクス達が他愛のない話をしながら食堂の席に着くと、ミアが部屋から出てきて、レクスに走り寄ってきた。

「お兄ちゃーん‼」

「ああ、ミア、一体どうし……」

レクスが席を立って尋ねようとしたところで、ミアが勢いよくレクスに飛び込んできた。

彼はなんとかそれを受け止めた。

「お兄ちゃん、良かった！　良かったよぉ……‼」

ミアは泣きはらしながら、呟くように言った。

レクスはそんなミアの頭を撫でてやる。

若干恥ずかしそうにしながらも、ミアを引き剥がすようなことはしなかった。メイド達も微笑ましく見守っている。

「ふへっ……お兄ちゃんのハグ……」

雰囲気を台無《だいな》しにするようなミアの声が聞こえてきたが、レクスはきっと気のせいだと無理やり思い込んだ。

その後レクス達は、新たな仲間カレンと共に食事を楽しんだのだった。

終章　サプライズ

それからまたしばらく経ち――

「ただいまー」

レクスは、学園の授業を終え、ネスラ家の屋敷のドアを開けて言った。

「「「「お帰りなさい、レクス君」」」」

いつも通り六人のメイドがレクスを迎えた。

玄関にはメイド達の他にミーシャ、ミア、レインもいる。

エレナの姿だけが見えなかった。

「レクス、お帰り」

「お兄ちゃん、お帰りー」

《ご主人、お帰りー》

三人が言うと、レクスは「ただいま」と返す。

「お兄ちゃん、どこ行ってたの？」

「ちょっと寄り道してて ね……ごめん」

「そっか」

ミアは納得したような表情で頷いた。

もう日が落ちかけており、いつもよりもだいぶ遅い時間だ。

彼女が疑問に思うのも当然だろう。

「レクスー、お腹空《す》いた。早く魔力吸いたい」

ミーシャがよだれを垂らしながらそんなことを言った。レクスは魔剣であるミーシャに定期的に魔力を与えているのだが、今朝はあげるのを忘れていた。

「わかった。ひとまず部屋に行ってからね」

レクスは、三人と共に自室へ向かった。


「は〜……生き返る……」

ミーシャはレクスの魔力を吸いながらそう口にした。さっきまでどこか元気がなかったミーシャも、すっかり気力を取り戻したようだ。

「ところでエレナ。僕が帰った時にいなかったけど、どこか行ってたの？」

「……それは言えない……秘密……」

レクス達が部屋に戻って少ししてから入ってきたエレナは口を結び、小さく首を横に振りながら答えた。

レクスは他のミーシャとミアに目を向けるが、二人とも視線をそらしたり、首を傾げたりするばかり。

（まあ、仕方ない。人に言いたくないことだってあるしね。無理に聞くこともないか）

レクスは小さく溜め息をついた。

四人ともレクスの表情を見てズキッと心が痛んだが、今は我慢だ。今言っては、全てが台無しになる。

「お兄ちゃん、久しぶりにあれやらない？」

「あれって……ああ、あれか。でも、カードがないとできないよ」

兄妹にしかわからない会話に、エレナとミーシャは首を傾げる。

「そういえば、そうだったね」

ミアはてへへっと舌を出して笑う。どうやらうっかりしていたようだ。

「でも、大丈夫。カードくらいならすぐに用意できるし」

レクスはそう言うと『作る』を発動。

自分の記憶をもとに、ミアとよくやっていたゲームのカードを作成する。

光の粒子がレクスの手元へ集まる。

「できたよ」

やがて光が収まった時、レクスの手のひらにはカードの束《たば》が載っていた。一番上のカードには一と書かれており、森の絵が描かれている。

「これこれ！　懐かしいー！　最後にやったのはかなり前だもんね」

喜ぶミアを横目に、ミーシャとエレナが尋ねる。

「何、これ？」

「……何をやるの？」

二人ともレクスの持っているカードに興味津々だ。

「えーっとね。まず、一から九のカードの束を適当に切ってカードを配って……ってやってみた方がわかりやすいか」

こうして、三人でカードゲームを始める。

ちなみにレインはベッドの上で丸くなって寝ていた。


「なるほどね！　大体わかったわ！」

「……面白い」

一回目を終えて、ミーシャとエレナはルールを理解したらしい。

このゲーム――ナインペアーズという――は、順番にお互いの手札を引いていき、一から九のカードを組み合わせて合計が九になればカードを捨てられるというものだ。

カードは単体では捨てられないので、九のカードを最後に持っていた人が負けとなる。

「もう一回やる？」

レクスの言葉に、エレナとミーシャが頷いた時——

「三人とも。飯にするから、早く食堂に来い」

フィアの姉、セレスがドアを開けてレクス達を呼んだ。

しかし、レクスが食堂に向かおうとすると、なぜかセレスは彼を止めた。

「レクス。お前はここで待ってろ。後でまたお前を呼びにくる」

「は、はぁ……」

レクスはなんで僕だけ？　と思いながら、セレスの言葉に素直に従う。

セレス達が食堂の方へ行ったのを見て、ドアを閉める。

床にはそれぞれが持っていたカードが散らばっていた。

レクスはそれを元に戻して一息つく。さっきまで騒がしかった部屋は、今はすっかり静けさに包まれていた。

「ふう……」

レクスはレインが寝ているベッドに突っ伏した。

そのまま手を伸ばしてレインの体を撫でる。

モフモフとした触り心地に、癒される。

そうしているうちに、なんだかレクスも眠《ねむ》くなってきてしまった。

（……セレスさんが呼びに来るらしいし、大丈夫だよね）

レクスはそう思いながら、静かに目を閉じた。


「レクス。準備できたから食堂に来い……って、寝てるのか？」

セレスが部屋のドアを開けると、レクスがベッドに突っ伏してぐっすり寝ていた。

「これはチャンス」

セレスは自分の懐に入っていた〝宝珠《ほうじゅ》〟を取り出した。

宝珠とは、対象物を撮影《さつえい》することができるアイテムだ。それなりに値の張るもので、平民はなかなか手に入れることはできない。

本当はこれから行われる催《もよお》しで使おうと思っていたものだが、セレスは予備を持っていた。

「確かここに魔力を送り込めば……」

セレスは今まで数えるほどしか使ったことがない宝珠を、うろ覚えの操作でなんとか起動させ、レクスの寝顔を撮影した。

「相変わらず可愛いなぁ」

レクスの寝顔をツンツンしながらセレスは言った。

彼女は普段キリッとしているのだが、今はとてつもなくだらしない表情を浮かべている。よだれまで垂らしそうな勢いである。

「んぅ……？　セレスさん？」

そうこうしているうちに、レクスが目を覚ました。セレスは「ひゃう⁉」という、いつもなら絶対に出さないような声を漏らした。その顔は真っ赤だ。

「……僕を呼びに来たの？」

ふわぁと欠伸をしながらレクスが尋ねた。

セレスは慌てて「ああ、そうだ」と頷く。

どうやら気付かれていなかったようだ。セレスは内心ホッとする。

「レクス、行くぞ」

セレスが言うと、レクスは「はーい」と応え、彼女の後についていった。


「レクス……開けてみろ」

セレスは少し微笑みながら、食堂のドアを指し示した。レクスは疑問に思ったものの、とりあえず開けてみる。

すると――

「「「「お誕生日《たんじょうび》、おめでとう！」」」」

パンパンパン、とクラッカーの音が鳴り響いた。

そこには、フィア、エレナ、ミーシャ、ミア、メイド達ネスラ家の面々をはじめ、フィオナやキャロル、ルリ、カレン、リシャルト、果てにはウルハまでいた。レクスの知り合いが勢揃《せいぞろ》いである。

「へ……？」

レクスは突然の出来事に、間抜けな声を上げて立ち尽くした。

（誕生日……って確かに今日は僕の誕生日だ）

レクスはつい今まで自分の誕生日のことなどすっかり忘れていた。

そもそも最後に祝ってもらったのが、もう何年も前の話。自分の誕生日など、覚えていなくても仕方がない。

「っていうか、皆どうやって僕の誕生日を……あとなんでここに？」

「ミアから聞いたのよ。今日はレクスの誕生日だって」

ミーシャがレクスの問いに答えた。

「そうか、ミアが……よく覚えてたね」

レクスが言うと、ミアは当然とばかりに胸を張る。ミーシャは続ける。

「で、誕生日だって聞いて、ウルハに頼んでレクスの学友を呼んでもらったの。そしたらウルハも来たいって言うから」

「うむっ！　来たかった！」

レクスは思わず泣きそうになり、目頭《めがしら》をおさえた。

もちろん、悲しいからではなく、嬉しいからだ。ミーシャはそんなレクスを見て「全く、しょうがないわね」と呟いて苦笑した。

「レクス君、どうぞこちらへ」

シュレムは、レクスの座る椅子を引きながら言った。

レクスが涙を拭って改めて見回してみると、食堂は見事に飾りつけされており、壁には〝レクス十三歳の誕生日おめでとう！〟という額に入った紙がかけられていた。額に入れてあるせいか、凄いものに見えてしまう。

レクスは感嘆の息を漏らしながら、シュレムが引いてくれた椅子に座る。

「レクス君にあれをお持ちしてください」

シュレムが指示すると、他のメイド達が揃って厨房《ちゅうぼう》へ入っていく。

しばらく待っていると、メイド達が巨大な箱を持って出てきた。

メイド達はそれをテーブルの上に置いた。

「開けてみてください」

シュレムがレクスに声をかけた。レクスは座ったままでは届かないので、椅子から立って腕を伸ばす。それでもまだ足りない。

「『取る』！」

レクスがスキル『日常動作』の一つである『取る』を発動すると、箱が光った。光が収まった後、箱の中身だけがレクスの両手に載っていた。

「でかっ!?」

「うおっ！　すっげーな、これは……」

「……うん」

「そうね……」

リシャルト、キャロル、ルリ、フィオナが思わず声を漏らした。

箱の中身はなんとケーキだった。上にはイチゴが載っており、スポンジが何十段にも積《つ》み重なっている。

各スポンジにはホイップクリームと大量の果物が挟まっており、とてもカラフルである。

レクスはそれを慎重に机に置いた。

（こ、こんなに食べられないよ……しかも、他に用意してある料理もそこそこ多いし）

レクスは、メイド達が厨房から次々に運び出してくる料理を見ながら思った。

バッファーの肉を使ったステーキだったり、ユモラギの茎《くき》やマタイケの葉をふんだんに使用したサラダだったり、レパートリーが豊富だ。

「ちょっ……これはさすがに多すぎじゃない？」

ミーシャが若干顔を引きつらせながら言った。エレナもコクコクコクコクと首をいつもより速く縦に振っている。

「すみません、レクス君の誕生日だと少し張り切り切りすぎてしまって」

シュレムはテヘッと舌を出した。

どう見ても張り切りすぎたのレベルを超越《ちょうえつ》している。

(まあ、でも僕のために作ってくれたんだ。無駄にはできないよね。全部食べられるかはわからないけど頑張ってみよう)

すると、ミアがレクスの腕に抱きついて言う。

「お兄ちゃん、私達も頑張って食べるからさ！」

レクスは頷いて、再び『取る』を発動し、取り皿の上に一ピースのケーキを取った。

「いただきます」

レクスはケーキを口に頬張った。

(う～ん！　美味しい！　ケーキの生地《きじ》がスッと溶けて、ホイップクリームもしつこくない甘さ。ちょうど良い)

レクスが食べたのを見てから、エレナやミーシャ、ミアも食べようとするが、テーブルが大きいせいで届かない。

「ほら」

セレスがケーキを一段まるまる皿に移すと、綺麗に切り分けてそれらをエレナ達に配る。

エレナ達は、ケーキを一口頬張った。

「ん～！　美味い！」

「……おいしい」

「これは美味しいわ！」

三人ともそんなことを言いながらケーキを食べ進めていく。

他の面々もケーキを取って食べ始めた。皆落ちそうな頬《ほ》っぺたを押さえ、美味しそうに食べる。

皆がある程度ケーキや他の料理を堪能《たんのう》すると、レクスにプレゼントを渡す流れになった。

それぞれ、ハンカチや服、本、幻想的な景色を映す水晶、よくわからない木の彫刻《ちょうこく》作品をレクスに贈《おく》る中、ミーシャは――

「私からは魔力よ」

「魔力……魔力!?」

「ええ。レクスからいつも魔力を貰ってるから、そのお返しよ。ふふん、あたしもなかなか考えるでしょ！」

名案でもなんでもないうえ、ミーシャがレクスに贈った魔力量はレクスがこれまで彼女にあげた魔力の総量からすれば微々《びび》たるものだった。

何を得意気《とくいげ》にしているんだろう、とレクスは苦笑いしつつ、素直にお礼を言っておく。

そして、エレナの番になった。

「私からは……これ」

エレナは懐から小さな箱を取り出した。

「これは……開けてみてもいい？」

「……うん」

エレナは少し頬を染めながら頷いた。レクスは小さな箱を慎重に開ける。

「これは――」

入っていたのは、赤い魔石を嵌《は》め込んだ指輪だった。

銀を加工して作ってあり、見事な品だ。

「凄い綺麗だけど、本当に貰っていいの？」

レクスは気後《きおく》れしたように尋ねた。

「うん……あげる」

エレナの言葉を聞き、レクスは遠慮がちに指輪を小さな箱から取り出す。こうして見てみると、鮮明《せんめい》な輝きに思わず目がくらみそうだ。

「レクス……つけて、みて」

「うん……」

レクスはおずおずと指輪を左手の薬指につけた。

「⁉」

「えっ……」

フィオナとミアが驚愕の表情を浮かべた。

「えへへ……」

レクスは嬉しさを隠せず、自然と笑みをこぼした。

その笑みはとても可愛らしく、何人か……いや、この場にいるほとんどの人がハートを撃ち抜かれたようだ。

「皆、プレゼントありがとう。皆のおかげで、いい誕生日になったよ」

レクスは満面の笑みを浮かべて、皆にそう言った。


（完）

あとがき

この度は、文庫版『スキル『日常動作』は最強です３　～ゴミスキルとバカにされましたが、実は超万能でした～』をお買い上げいただき、ありがとうございます。

第三巻はいかがでしたでしょうか？　今回はＷｅｂ版にはない書籍版オリジナルのエピソードである幽霊調査が収録されています。Ｗｅｂで書いていた時は読者の反応から、「このエピソードは面白かったんだな」とか逆に「このエピソードの受けはあまり良くなかったな」とかがわかったのですが、オリジナルエピソードなので読者の反応がわからない分、少々不安になっていました（汗）。「このエピソード、どうなのかな……？」と。書籍化自体、本作が初でオリジナルエピソードも初めてなので、貴重《きちょう》な経験となりました。

とまあ、それはともかく、今巻ではレクスの妹が登場しましたね！　個人的な趣味嗜好《しゅみしこう》なのですが、妹キャラが好きなんです！　特にお兄ちゃん好きの妹とか。そういう理由で登場させた面もなきにしもあらず……というか、それが大半の理由だった気がします！　思い付きで突っ走っているのが本作ですので。さらに今回はレクスの内面にも変化がありました。レクスの生まれ故郷でもあるクジャ村では、両親との因縁にもついに決着が……！

事の顛末《てんまつ》は、本編でお楽しみいただけたらと思います。

あとこれはやはり「小説」なので、執筆中は特に会話文やその間に挟まる地の文を大切にしました。なぜなら、作者である自分がそのキャラクターの性格だったり、特徴だったりを上手く掴んで作品に落とし込まなければ、もしかしたら「今、誰がこのセリフ喋ってはるんやろ?」と読者の混乱を招いてしまうかもしれないからです。

本作における登場キャラは少なくありませんし、せっかく素晴らしいイラストレーターさんに挿絵を付けてもらっている以上、それを最大限に活かしたかったですしね。

また、「人と人との繋がり」を特に重要視した作品だったなと、原稿を見直していて感じたところです。切れる縁《えん》あれば繋がる縁あり、そんな所感《しょかん》が心に残っています。


最後になりますが、読者の皆様をはじめとして、本書の刊行にご協力くださった関係者の皆様、素晴らしいイラストを描いてくださったかれい様には深く感謝いたします。

本作品はこれで完結となりますが、Ｗｅｂ版はまだまだ続いておりますので、興味のある方は是非《ぜひ》とも覗いてやっていただけると嬉しいです。

どこかでまた、読者の皆様とお会いできることを願っています。

二〇二四年三月　メイ

「銀座編」大好評発売中！
累計700万部（電子含む）突破！
ゲートSEASON1〜2
大好評発売中！
コミックス
最新24巻
大好評発売中！
SEASON1　陸自編
単行本
文庫
漫画
漫画：竿尾悟
●本編1〜5／外伝1〜4／外伝+
●各定価：本体1,870円（10%税込）
●本編1〜5〈各上・下〉／
外伝1〜4〈各上・下〉／外伝+〈上・下〉
●各定価：本体660円（10%税込）
●1〜24（以下、続刊）
●各定価：本体770円（10%税込）
SEASON2　海自編
単行本
文庫
最新5巻
〈上・下〉
大好評発売中！
●本編1〜5
●各定価：本体1,870円（10%税込）
●本編1〜5〈各上・下〉
●各定価：本体660円（10%税込）

大ヒット 異世界×自衛隊 ファンタジー!
ゲート0《ゼロ》
GATE:ZERO
自衛隊 銀座にて、斯く戦えり
〈前編〉
〈後編〉
柳内たくみ
Yanai Takumi
ゲート始まりの物語
「銀座事件」が小説化!
20XX年、8月某日——東京銀座に突如『門(ゲート)』が現れた。中からなだれ込んできたのは、醜悪な怪異と謎の軍勢。彼らは奇声と雄叫びを上げながら、人々を殺戮しはじめる。この事態に、政府も警察もマスコミも、誰もがなすすべもなく混乱するばかりだった。ただ、一人を除いて——これは、たまたま現場に居合わせたオタク自衛官が、たまたま人々を救い出し、たまたま英雄になっちゃうまでを描いた、7日間の壮絶な物語——
●各定価:1,870円(10%税込)
●Illustration:Daisuke Izuka
ゲート0 自衛隊 銀座にて、斯く戦えり 〈前編〉
GATE:ZERO
柳内たくみ
銀座
ゲート0 自衛隊 銀座にて、斯く戦えり 〈後編〉
GATE:ZERO
柳内たくみ
650万部!
自衛隊、ついに状況開始!!

ネットで人気爆発作品が続々文庫化!

アルファライト文庫 大好評発売中!!

人でもモノでも、調べたステータスは自由自在に編集可能!!

元構造解析研究者の異世界冒険譚1~10

1~10巻 好評発売中!

犬社護 *Inuya Mamoru*　illustration ヨシモト(1~7巻) たてじまうり(8~10巻)

新料理や新技術を前世の知識と二つのユニークスキルで大発明!?

製薬会社で構造解析研究者だった持《もち》水薫《みずかおる》は、魔法のある異世界ガーランドに、公爵令嬢シャーロット・エルバランとして生まれ変わった。転生の際、女神様から『構造解析』と『構造編集』という二つの仕事にちなんだスキルをもらう。なにげなくもらったこの二つのスキルだが、想像以上にチートだった。ネットで大人気の異世界大改変ファンタジー、待望の文庫化!

文庫判　各定価:671円(10%税込)

アルファライト文庫

この作品に対する皆様のご意見・ご感想をお待ちしております。

おハガキ・お手紙は以下の宛先にお送りください。

【宛先】

〒150-6019 東京都渋谷区恵比寿 4-20-3 恵比寿ｶﾞｰﾃﾞﾝﾌﾟﾚｲｽﾀﾜｰ 19F
（株）アルファポリス　書籍感想係

メールフォームでのご意見・ご感想は右のＱＲコードから、
あるいは以下のワードで検索をかけてください。

アルファポリス　書籍の感想　検索

ご感想はこちらから

本書は、2022 年 6 月当社より単行本として
刊行されたものを文庫化したものです。

スキル『日常動作《にちじょうどうさ》』は最強《さいきょう》です 3

～ゴミスキルとバカにされましたが、実《じつ》は超万能《ちょうばんのう》でした～

メイ

2024年 3月 31日初版発行

文庫編集－中野大樹／宮田可南子
編集長－太田鉄平
発行者－梶本雄介
発行所－株式会社アルファポリス
〒150-6019東京都渋谷区恵比寿4-20-3恵比寿ガーデンプレイスタワー19F
TEL 03-6277-1601（営業） 03-6277-1602（編集）
URL https://www.alphapolis.co.jp/
発売元－株式会社星雲社（共同出版社・流通責任出版社）
〒112-0005東京都文京区水道1-3-30
TEL 03-3868-3275
装丁・本文イラスト－かれい
文庫デザイン―AFTERGLOW
（レーベルフォーマットデザイン－ansyyqdesign）
印刷－中央精版印刷株式会社

価格はカバーに表示されてあります。

落丁乱丁の場合はアルファポリスまでご連絡ください。

送料は小社負担でお取り替えします。


ISBN978-4-434-33579-2 C0193